Freedom bedeutet Freiheit

Christian Langner

Freedom bedeutet Freiheit

Bibliografische Information der Deutschen Nationalbibliothek:
Die Deutsche Nationalbibliothek verzeichnet diese Publikation in
der Deutschen Nationalbibliografie; detaillierte bibliografische
Daten sind im Internet über http://dnb.dnb.de abrufbar.

Cover: Christian Langner

Herstellung und Verlag: BoD – Books on Demand, Norderstedt

ISBN: 9783744838368

1

Es war ein trüber leipziger Morgen. In der Nacht hatte es stark gewittert. Kühle Nebelschwaden zogen langsam in den Himmel und verliehen der Luft den typischen Gewitterduft. Obwohl es Mai war, herrschte herbstliche Stimmung im Plattenbauviertel Grünau. Das Grau der Betonkästen verschmolz mit dem Grau des Himmels.

Langsam erwachte das Arbeiterviertel. Man sah vereinzelte Lichter in den viereckigen Häusersilhouetten aufleuchten. Sie wirkten wie goldgelbe Kacheln, die verzweifelt versuchten gegen die Tristesse zu kämpfen. Es war kein Vogelgezwitscher zu hören, nur das Knattern der ersten Trabanten, welche die Luft mit ihrem Benzin-Öl-Gemisch würzten.

In Grünau gab es einen gigantischen Schulkomplex, der vom Grundschüler bis zum Abiturienten jedes Alter enthielt. Die Gebäude dieser Einrichtung sahen absolut identisch aus. Optisch unterscheiden konnte man sie nur anhand der sozialistischen Mosaike, welche ihre Seiten zierten. Darauf waren Mütter heldenhaft, Arbeiter kämpferisch, Soldaten engelgleich und Lenin übermenschlich. Schüler zogen gackernd an dem großen Idol vorbei, ohne ihn nur eines Blickes zu würdigen. Gruppenweise oder allein wanderten sie ihrem Ziel entgegen. Einer dieser einsamen Wanderer durch die tiefen Häuserschluchten war Peter Winter.

Wie viele Kinder hatte der Neunjährige große Angst vor Gewittern. Wenn es nachts donnerte, wachte er meist auf und Blitze warfen unheimliche Schatten in seinem Zimmer. Groteske Wesen der Dunkelheit, welche ihn scheinbar in ihre Schattenwelt ziehen wollten. Letzte Nacht war es jedoch anders. Das Gewitter konnte ihm nichts anhaben. Peter wurde zwar wach durch den lauten Knall eines Donnerschlags, der wahllos in eines der Hochhäuser einschlug. Er war aber zu glücklich, als dass ihm das Himmelsgrollen und die Schattenfratzen etwas ausmachen konnten. Voller Vorfreude hatte er an den kommenden Tag gedacht. Denn dann würde von seiner Lehrerin bekannt gegeben werden, wer Englisch oder Russisch lernen darf. Er hatte sich für Englisch beworben.

Die angelsächsische Sprache hatte es ihm angetan und er schwärmte schon lange von England. Die Entscheidung lag aber nicht bei ihm oder seiner Mutter, sondern bei der Obrigkeit. Dies war bei vielen Entscheidungen in der Deutschen Demokratischen Republik der Fall. An seiner Schule beriet ein Komitee darüber, wer Englisch lernen durfte oder in den Genuss von Russischunterricht kommen sollte und fällte den endgültigen Entschluss.

Die Regentropfen, die an Peters Fenster klopften, wirkten auf ihn beruhigend und wiegten ihn, wie beim Schafezählen, in den Schlaf. Denn er hatte von seiner Mutter Sarah gehört, dass es in England viel regnete. Kurz vor dem Einschlafen hatte er noch ein zartes »Yes« gesäuselt. Das einzige englische Wort, welches er kannte.

Mit ordentlich Anlauf sprang Peter in eine Pfütze. Wasser sprang an seinen Beinen empor und durchnässte den unteren Teil seiner Hose. Es machte ihm überhaupt nichts aus und zauberte ein Schmunzeln in sein Gesicht. In seiner Phantasie bestand diese Lache aus englischem Regen. Er tagträumte sich in seinen Gedanken in eine englische Landschaft mit grünen saftigen Hügeln. Plötzlich wurde er durch das laute Hupen eines Wartburgs aus seinen Träumen gerissen. Erschrocken schnellte Peter einen Schritt zurück. Beinahe wäre er von diesem verbeulten Auto, aus dem ein wütender Wortschwall schoss, erfasst worden. Doch mit dem Abgasgestank verzog sich auch der Schrecken.

Der Schulkomplex streckte seine Mosaiktracht dem jungen Schüler entgegen. Peter schaute sich die glücklichen Gesichter darauf an. Noch nie hatte er Menschen gesehen, die so viel Glück auszustrahlen schienen. Er wunderte sich aber auch, warum Lenin als Einziger so ernst drein schaute und war etwas eingeschüchtert vor dieser ernsten Miene. In der Schule wurde es ihm eingehämmert, dass Lenin die Arbeiterklasse befreit hatte. Nachdenklich fragte er sich, warum Lenin dann nicht so glücklich wie seine Mosaikgenossen war.

Peter hörte die Schulglocke und musste sich nun beeilen, wenn er noch pünktlich kommen wollte. Er überholte ältere trödelnde Schüler, welche sich scheinbar um Pünktlichkeit nicht besonders scherten. Er rannte vorbei an einer golemartigen Skulptur, deren Züge extrem grob und steif gehauen waren. Man musste schon genauer hinsehen, um Karl Marx darin erkennen zu können. Kunst ist relativ. Durch die Eingangstür eilte Peter und sprang, flink wie eine Gazelle, die Treppe hinauf. Immer drei Stufen gleichzeitig. Sein viel zu großer kunstlederner Rucksack flog dabei beinahe davon. Im vierten Stock der Schule bog er nach rechts ab und rutschte über den PVC-Fußboden durch die Tür des Klassenraumes. In der dritten Reihe neben Boris war sein Platz. Rote Fähnchen waren massenweise im ganzen Raum verteilt, wie Fliegen auf dem Pferdedung. Über der Tafel prangte eine riesige Flagge, die den ganzen Raum einzunehmen schien. Sie zeigte Hammer und Zirkel. Das Wappen der Deutschen Demokratischen Republik. Links davon war eine etwas kleinere Flagge. »Die Flagge des großen Bruders«, wie die Lehrer der Klasse oft erzählten. Unter ihr war ein Kartenständer. Er hielt eine Karte die anscheinend vergaß, dass es eine westliche Welt gab. Sie zeigte nur den Ostblock. Die UdSSR, »der große Bruder«, war rot markiert und schien fast zu glühen. Auf der rechten Seite der Vorderwand grinste den Schülern ein eingerahmter Kopf von Erich Honecker entgegen.

Die Klasse stand auf, als die Lehrerin Frau Glasunow mit einem kühlen »Guten Morgen« den Raum betrat. Artig antworteten sie und setzten sich, nach der Erlaubnis von Frau

Glasunow. Die erste Stunde am Montag war Geschichte. Das Thema der letzten Zeit war der Zweite Weltkrieg. Eines der Lieblingsthemen der Klassenlehrerin, die immer ein rotes Tuch um ihren Hals trug.

»Die Urheber dieses Weltkrieges«, versicherte Frau Glasunow, »waren die Kapitalisten, die daraus Profit schlagen wollten. Sie bestachen Hitler, um ihren Absatz von Waffen und Kriegsmaschinerie zu vermehren.« Nur Hitler und die Kapitalisten schienen an dem Krieg Schuld gehabt zu haben. Der einfache deutsche Bürger galt in diesem Geschichtsunterricht als unschuldig.

»Die Faschisten«, dies benutzte sie auch gerne als Synonym für Kapitalisten, »sitzen heute in der BRD und vor allem in Amerika.« Irritiert durch diese Aussage merkte Peter an: »Aber dann hätte ja Hitler gegen die eigenen Leute gekämpft. Schließlich kämpfte er doch auch gegen die Amis.« Die Wangen der Lehrerin wurden sichtbar rot, passend zu ihrem Halstuch und den Fähnchen. »Red nicht so einen Unsinn! Außerdem habe ich dich nicht dran genommen. Zur Strafe musst du fünfzehn Minuten stehen!«, fuhr die nun wirklich rote Lehrerin den sichtlich verwirrten Peter an.

Stehen war eine häufige Bestrafung. So ziemlich jeder aus der Klasse hatte dies schon machen müssen. Hierzu musste man auf seinem Platz stehend zehn bis zwanzig Minuten verweilen. Die Steigerung war, dass der kleine Sünder in der rechten Ecke des Klassenraumes, mit dem Rücken zur Klasse und dem Gesicht zu Erich Honecker, büßte. Wenn es Peter traf, kam es ihm so vor, als würde ihn dann der grinsende Erich auslachen. Erst letzte Mathestunde hatte er die zweifelhafte Ehre dem Staatsrat Gesellschaft zu leisten.

Die Lehrerin fuhr mit ihrem theatralischen Monolog fort. Geschichte wurde in diesem Klassenraum im Sinne des real existierenden Sozialismus interpretiert. Epochen wurden ausradiert, Diktatoren zu Befreiern und Verbrechen zu

Heldentaten. Nachdem sie die faschistischen Gräueltaten farbvoll den Kindern dargestellt hatte, sodass manchen Mädchen und Jungen das Herz in die Hose gerutscht war, fragte sie den Lebenslauf Chruschtschows ab. Boris Tscheljuskin, Peters bester Freund, meldete sich. Sein Vater stammte aus Moskau und wurde als Soldat in Leipzig stationiert. Hier heiratete er eine Frau aus Zwickau, deren sächsischer Dialekt stark ausgeprägt war. Für Peter war es manchmal recht kompliziert sie zu verstehen. Ihr Russisch hingegen war perfekt. Boris wuchs bilingual auf und sprach fließend Russisch. Nun schien Boris im Geschichtsunterricht wohl eine der häufigen Lücken bemerkt zu haben und fragte, als er an der Reihe war keck: »Was ist mit Stalin? Er war doch der Vorgänger von Chruschtschow. Mein Papa sagte mir, dass er viele von seinen eigenen Landsleuten umbringen ließ.« Frau Glasunow behagte diese Frage nicht. Da konfrontierte sie doch glatt jemand mit der Wahrheit. Das gehörte sich doch nicht. Sie versuchte sich aber nichts anmerken zu lassen. »Stalin war nicht wirklich der Vorgänger von Nikita Chruschtschow. Er war nur ein kleiner unwichtiger Verbrecher«, versuchte sie ihre Klasse zu überzeugen. Wie die großen Genossen versuchte sie das Andenken an Stalin auszuradieren. Die Genossen änderten Straßennamen, sie änderte etwas Geschichte. Schon wieder wurde sie rot.

Als Boris mit einem »Aber« ansetzen wollte, wiegelte sie ab und änderte das Thema: »Die Stunde ist gleich zu Ende. Hausaufgabe sind die Aufgaben zwei bis vier auf der Seite vierunddreißig ... Nun werde ich bekannt geben, wer Russisch oder Englisch lernen wird«.

Das Herz von Peter schlug schneller. Voller Anspannung wartete er schon die ganze Stunde auf diesen Moment. Frau Glasunow nahm einen Zettel aus ihrer Aktentasche. In alphabetischer Reihenfolge las sie die Namen der Anwesenden vor und ergänzte mit »Russisch« oder »Englisch«. Voller

Erwartung starrte er auf diesen allmächtigen Zettel. »Der nächste Name ist meiner«, wusste er. »Peter Winter - Russisch«, ratterte die Lehrerin wie eine Kalaschnikow. Dieser Schuss traf und durchbohrte Peters Herz. Für ihn brach eine Welt zusammen. Er fragte sich, wieso er nicht Englisch lernen durfte. Russisch wollte er überhaupt nicht lernen. An seinen Noten konnte es nicht gelegen haben. Er war seinen Mitschülern immer weit voraus und hatte nur in Sport eine Drei. Es wollte ihm nicht in seinen Kopf. Seine Umwelt nahm er nicht mehr wahr und konnte seine Tränen kaum unterdrücken.

Er war nicht der Einzige, der nicht das lernen durfte, was er wollte. Vier weitere Schüler wollten die angelsächsische Sprache lernen und wurden enttäuscht. Ihre Betrübung war aber nicht so groß, wie die Peters. Zweien war es sogar egal. Sie hatten sich nur für Englisch gemeldet, weil es ihre Eltern wollten. Aus dieser Klasse durften nur drei Schüler Englisch lernen. Sie waren die Kinder von braven Genossen. Man erhoffte, dass sie ihre Englischkenntnisse zum Wohle des Staates einsetzen würden, als Dolmetscher oder vielleicht als Spitzel der Staatssicherheit. Der Wunsch all jener die Russisch lernen wollten wurde erfüllt.

Peter wusste nicht, dass seine Familie im sozialistischen System als Risikofaktor angesehen wurde. Ein Mitglied dieser Familie durfte auf keinen Fall eine westliche Sprache lernen. Peters Vater verschwand vor vier Jahren, bei seinem ersten Versuch Menschen in den Westen zu schleusen. Er war LKW-Fahrer gewesen und hatte extra einen doppelten Boden in seinen Transporter gebaut. Die nächste Fuhre sollte seine Familie sein. Was mit ihm geschah blieb ungewiss. Viele Menschen hörten am Grenzstreifen, dem Niemandsland, auf zu existieren. Vor anderthalb Jahren wurde Sarah Winter für zwei Wochen verhaftet und musste zahlreiche Verhöre über sich ergehen lassen. Vier Männer führten die junge zierliche Frau damals gewaltsam von der Kinderkrippe ab, in der sie als Erzieherin arbeitete. Ihr Sohn wurde derweil zu seinen

Großeltern geschickt. Sarah Winter schrieb oft Briefe an ihre Westverwandtschaft. Wenn man in der DDR telefonierte oder Briefe schrieb, musste man vorsichtig sein. Man kommunizierte nicht nur mit seinem Partner, sondern ein unbekanntes Ohr oder Auge folgte meist auch der Konversation. Schnell sah die Staatssicherheit in den unbedeutsamsten Sätzen höchsten Staatsverrat. Nach dem gescheiterten Schleusversuch ihres Gatten war es selbstverständlich, dass die Stasi ihr besondere Aufmerksamkeit schenkte. Man vermutete damals in einem ihrer Briefe an eine 83jährige Tante Andeutungen für einen Fluchtversuch. Peters Mutter dachte seit dem Verschwinden ihres Mannes keineswegs mehr an Flucht. Viel zu groß war die Sorge, ihrem Jungen könnte dabei etwas geschehen.

2

Die Wochen vergingen, Peters Trübsinn blieb. Jeder Versuch seiner Mutter ihn aufzuheitern scheiterte kläglich. Selbst seine Lieblingsspeise, Milchreis mit Apfelmus, aß er lustlos und ohne Appetit. Sarah Winter war von Anfang an klar gewesen, dass die Teilnahme Peters am Englischunterricht mehr als unwahrscheinlich war. Sie hatte ihm aber nicht die Hoffnung nehmen wollen. Er war schon lange nicht mehr so glücklich gewesen, wie in den Wochen vor der Bekanntgabe. Nun machte sie sich Vorwürfe, ihm nicht Englisch ausgeredet zu haben.

Am letzten Schultag vor den Sommerferien nahm Peter mit der gleichen melancholischen Stimmung am Unterricht teil, die er schon in den letzten Wochen an den Tag legte. Teilnahmslos starrte er vor sich hin. In der Pause versuchte Boris ihn aufzuheitern. Boris wusste, dass Peter enttäuscht war. Allerdings verstand er es überhaupt nicht. Für Boris war Russisch, nach Deutsch, die zweitschönste Sprache der Welt. Boris schwärmte für Moskau und machte Peter darauf aufmerksam, dass man nicht so einfach nach England reisen konnte. Peter war dies durchaus bewussst. »Englisch interessiert mich einfach viel mehr. Ich weiß auch nicht wieso« und verwirrte Boris damit nur.

»Manchmal müssen die Menschen zu ihrem Glück gezwungen werden, sagt mein Vater. Das ist das Gleiche mit dem Sozialismus«, äußerte Boris mit besserwisserischem Blick. »Gut, die kyrillischen Buchstaben sind vielleicht etwas schwer. Aber wenn du Probleme mit dem Lernen hast, dann können meine Eltern und ich dir helfen.«

»Du verstehst mich nicht«, stöhnte Peter und blickte verzweifelt in den Himmel.

»Nö«, stimmte Boris zu und schüttelte den Kopf.

Nach der Pause versammelte sich die ganze Schule auf dem

großen Platz vor dem Schulgebäude. Es wurde eine der häufigen Zeremonien abgehalten. Jede Klasse nahm ihren vorbestimmten Platz ein. Die Schüler wussten genau, an welche Stelle sie sich stellen mussten. Oft genug wurden Feierlichkeiten abgehalten, die irgendjemanden oder irgendetwas ehren sollten. Die FDJ-Pioniere trugen ihre blau-roten Uniförmchen und positionierten sich sichtbar für jedermann. Nachdem der Platz mit hunderten von Schülern voll gepackt war, wurde die Hymne der DDR gesungen. Anschließend hielt der Direktor eine langweilige, nicht enden wollende Rede über die Bedeutsamkeit des Schülers im sozialistischen System. Orden wurden an vorbildliche junge Genossen verteilt. Diese Blechorden waren anscheinend das am häufigsten hergestellte Produkt. Man wurde geradezu damit überhäuft. Auch Peter bekam einen, für gute Leistung im Lesen. Was für eine Heldentat! Weitere revolutionäre Lieder mussten im Anschluss von der ganzen Schule gesungen werden. Peter langweilten diese Veranstaltungen immer und in der prallen Sonne fiel ihm das lange Stehen schwer.

Endlich war die Zeremonie zu Ende. Die Schüler gingen in ihre Räume und die Zeugnisse wurden verteilt. Peters Zeugnis war eines der besten in der Klasse, das von Boris eines der schlechtesten. Beiden merkte man die Qualität ihrer Noten nicht an. Peters Laune war anhaltend traurig und Boris machte sich nichts aus seinen schlechten Noten. Boris freute sich, wie die meisten, auf die großen Ferien. Acht Wochen keine Schule waren für Boris das Paradies auf Erden.

Über die große unbebaute Wiese, die zwischen dem Wohnviertel und der sowjetischen Kaserne lag, schlurfte Peter tief versunken in seine Gedanken den weitest möglichen Weg nach Hause. Den blechernen Orden schmiss er wütend weg. Über ganz Leipzig schien die Sonne, nur über Peter Winter schwebte eine dunkle Regenwolke.

Boris, Peter und ein paar andere Kinder spielten in den Maisfeldern neben der sowjetischen Kaserne. Peter hatte eigentlich keine Lust aufs Spielen, doch seine Mutter schickte ihn raus. In letzter Zeit war er ein richtiger Stubenhocker geworden und saß schmollend in seinem Zimmer. Er konnte und wollte die Willkür der Schule nicht verstehen. Sarah Winter hoffte, Boris und die anderen könnten Peter ablenken und endlich etwas aufheitern.

Der Mais war mannshoch und überragte die Sprösslinge bei weitem. Sie spielten in dem riesigen Labyrinth fangen, rannten querfeldein und knickten aus Spaß ein paar Pfade in das Maisfeld. Boris war der schnellste und sprintete als würde er bei der Olympiade gewinnen wollen. Nur Peter ließ sich leicht fangen. Er gab sich keinerlei Mühe schnell wegzurennen. Trotz der Gesellschaft von dem immer gut gelaunten Boris verschwand der Trübsinn von Peter nicht. Es verging keine Sekunde, in der er nicht an seinen Wunsch Englisch zu lernen dachte.

Die kleine Truppe kam langsam an den Rand der sowjetischen Kaserne. Mit einer dicken Betonmauer und einer Unmenge Stacheldraht wurde der Stützpunkt vor der leipziger Bevölkerung abgeschirmt. Ein Staat im Staat. Boris entdecke ein paar herumliegende Patronenhülsen. Es kam des Öfteren Mal vor, dass bei militärischen Übungen ein paar Blindgänger das Gelände verließen und auf dem Maisfeld landeten. Am Rand des Militärbereiches zu spielen war deshalb nicht ganz ungefährlich. Sarah Winter hatte Peter eigentlich immer davor gewarnt dort zu spielen. Doch die Warnung einer Mutter wird oft gerne überhört. In der Bevölkerung erzählte man sich, dass ein Jahr zuvor ein Junge eine verloren gegangene Granate gefunden hatte. Als er damit spielte, soll sie ihn zerfetzt haben. In der Zeitung wurde über diesen Vorfall niemals berichtet. Peter rief sich diese Schreckensgeschichte bei dem Anblick der Patronen wieder in das Gedächtnis. Auch den Gesichtern der anderen sah man eine gewisse Ehrfurcht gegenüber der Munition an. Boris hingegen war fasziniert und sammelte die Hülsen sorglos auf.

Es waren laute Stimmen zu vernehmen, die über die Kasernenmauer drangen. Ein paar junge Soldaten unterhielten sich auf Russisch. Boris konnte übersetzen: »Sie reden über Schießübungen, die sie gerade gemacht haben. Einer ist voll stolz, weil er ins Schwarze traf und ärgert einen anderen damit. Den bezeichnet er als Blindschleiche ... Jetzt beschwert sich einer über das ständige Rumkriechen auf dem Boden. Er würde lieber über seine Freundin ... oh ... «

»Was ist?«, wollte Peter wissen.

»... Äh ...«, errötet brach Boris die Übersetzung ab und führte, leicht verstört, das Trüppchen weiter weg. Die anderen Kinder mussten über Boris, dessen Kopf knallrot geworden war, lachen.

Auf den Weg nach Grünau kam ihnen eine Panzerkolonne entgegen. Die Straße zur Kaserne war durch die vielen Kettenfahrzeuge, die sie über sich ergehen lassen musste, schon schwer beschädigt. Tiefe Löcher und Risse zeugten von starker Inanspruchnahme. Die Kolonne bestand aus acht Panzern. Auf dem ersten Panzer flackerte eine kleine Fahne der UdSSR im Wind. Aus jedem Panzer sah mit stolzem Blick ein Soldat heraus, wie eine festgeklebte bewegungslose Figur. Dieser Trupp wirkte wie eine kleine Parade. Boris blieb fasziniert stehen, als das schwere Kriegsfahrzeug mit ohrenbetäubendem Lärm an ihnen vorbeiratterte. Als der erste Panzer in das Tor einfuhr, brüllte der Soldat oben auf dem Panzer laut und unverständlich in militärischer Art und Weise ein russisches Kommando. Selbst Boris konnte es nicht verstehen. Hinter dem letzten Kettenfahrzeug knallte das große Eisentor zu. Die Kaserne war Peter und seinen Freunden unheimlich, bis auf Boris natürlich. Dieser wunderte sich über seine Freunde »Was schaut ihr denn so feige? Die Kaserne ist doch nur da, um uns zu beschützen.«

3

Über die Sommerferien fuhr Peter zu seinen Großeltern, Esther und Frank Hartmann, in die kleine thüringische Stadt Apolda. Vor dem Zweiten Weltkrieg war diese Stadt in ganz Deutschland bekannt durch ihr Glockengießer-Handwerk und die dort gezüchtete Hunderasse Dobermann. Der Ruhm der Vergangenheit jedoch war längst verblasst. Selbst in der DDR kannten nur noch wenige diese Ortschaft. Apoldas neuer wirtschaftlicher Schwerpunkt war nun die Textilindustrie. In den Straßen am Rande des Stadtzentrums hörte man überall das Rattern der Nähmaschinen, wenn es nicht gerade durch das Knattern eines Trabanten überlagert wurde.

Die Bauwerke in Apolda trugen eher schwarzgraue Kolorierung, anders als die helleren nebelfarbenen Plattenbauten Leipzigs. Hier heizte man noch mit Kohle, die oft bergeweise auf den Gehwegen lag und die Passanten zu Ausweichmanövern auf die Straßen zwang. Die Schornsteine qualmten genussvoll ihren Tabak aus den Tiefen der Erde. Bei genauerer Betrachtung eines Hauses fiel auf, dass es mit einem reichen Ornament geschmückt war. Im Bereich des Erdgeschosses war es leicht braungrau durch den Staub der Kohlehaufen gefärbt, im oberen Bereich zeigten sich die schwarzen Rußablagerungen der Schornsteine und Automobile, quer über das ganze Haus verteilt blieben runde Einschusslöcher als vergessene Mahnmale des letzten Weltkrieges erhalten und aufgelockert wurde diese Fassadenkomposition durch Farbflecken abgebröckelten Putzes. Für einen Fremden mag dies die Inkarnation von Tristesse sein, für Peter war dies aber eine Stadt des Spaßes, des Abenteuers und der Erholung von der großstädtischen Strenge.

Das Haus von Peters Großeltern wurde kurz vor dem Zweiten Weltkrieg gebaut. Obwohl als Einfamilienhaus konzipiert, war es voll gestopft wie ein Bienenkorb. Ehepaar Hartmann wohnte im ersten Stock des Hauses. Auf dem

Dachboden befand sich das Zimmer von Frau Kaiser, einer zurückgezogen lebenden Witwe von über siebzig Jahren. Das Erdgeschoss war der Bereich von Familie Pankwart mit ihren zwei Kindern. Küche und Bad, welche sich auf der Etage von Peters Großeltern befanden, wurden von allen Bewohnern gemeinsam genutzt. Im Keller gab es noch eine zusätzliche Dusche. Dieses voll gepackte, noch niemals renovierte Häuschen kam Peter so vor, als wäre es ein Schloss. Es war nicht eine der anonymen Wohnburgen, wie sie nun errichtet wurden.

Herr Hartmann holte seinen Enkel immer vom Bahnhof ab. Gemeinsam liefen sie dann quer durch Apolda. Eine Taxifahrt war teuer und laut Peters Opa hat etwas Bewegung noch keinem geschadet. Zu Hause wartete ein leckeres Hähnchen von seiner Oma auf ihn, prall gefüllt mit Apfelstücken und mit ihrem Geheimtrick wurde die Haut im Römertopf immer so schön knusprig. Der Trick bestand eigentlich nur darin, dass sie die Haut mit Honig bestrich.

Peters Großeltern stammten beide aus Breslau und schwärmten ihm häufig von ihrer alten Heimat Schlesien vor. Frank Hartmann wurde schon als junger Mann politisch und trat der SPD bei. Dies missfiel seinem konservativen Vater sehr, der eine Manufaktur zur Herstellung von Ikonen betrieb. Zunehmend divergierten ihre politischen Ansichten auseinander und Frank Hartmann wurde von seiner streng katholischen Familie verbannt. Ein Freund und Genosse, bot ihm eine Stelle in seinem Buchladen an. Dann begann der Krieg und obwohl alle Parteien bis auf die NSDAP verboten worden waren, existierten manche dennoch im Untergrund weiter. Der Buchladen wurde zur heimlichen Zentrale einer sozialistischen Widerstandsgruppe. Auf den ersten Blick konnte man nur arisches Schrifttum erwerben. Doch in dem Lager wimmelte es nur von sozialistischen Pamphleten und verbotener Literatur. Dank einer Rückenverletzung aus seiner Kinderzeit konnte Hartmann die Nazis überzeugen, dass er als Buchverkäufer für

Deutschland viel nützlicher war. Als Widerstandskämpfer im Untergrund war er das auch. Sein Freund, der Besitzer des Buchladens, versteckte bei sich zu Hause eine junge Jüdin. Esther Silberstein hatte ihre ganze Familie an Auschwitz verloren und verbarg sich damals im Keller des Buchhändlers. Die Tochter aus einer reichen Handelsfamilie half als Gegenleistung im Haushalt. So lernten sich Peters Großeltern kennen.

Als die Nationalsozialisten das Wirken der Widerstandstruppe bemerkten, stürmten sie die Bücherei und legten alles in Schutt und Asche. Frank Hartmanns Freund wurde vor den Resten seines Buchladens mitten auf der Straße erschossen. Peters Großeltern flohen vor dem Wüten der Nazis nach Apolda und fanden auf einem Bauernhof Unterschlupf.

Peter konnte sich nicht vorstellen, dass seine Großmutter, die immer ein fröhliches Gemüt an den Tag legte, so viel Leid erlebt hatte.

»Was ich immer noch nicht verstehe ist, wie die Nazis sich Nationalsozialisten nennen konnten. Sozialisten waren sie nun wirklich nicht«, gab Peters Opa zu bedenken und schob sich ein großes Stück Kartoffelkloß in den Mund.

Auf die für sie typische Art und Weise äußerte Peters Oma: »Frank, hebe deine Genossen nicht in den Himmel und pass auf, dass du mir nicht wieder die Decke voll kleckerst.«

»Estherchen, ich verherrliche überhaupt nicht die Sozialisten. Damals wollten wir mehr Freiheit und Gerechtigkeit. Heute sind wir weit davon entfernt. Unfreiheit und Ungerechtigkeit prägen heute die DDR. Die Zwangsvereinigung von SPD und KPD zur Sozialistischen Einheitspartei waren die Vorboten der Unfreiheit. Ich gehörte zu denen, die sich damals dagegen wehrten. Doch jegliche Mühe blieb fruchtlos. So wurde ich quasi gezwungenermaßen Mitglied der SED und da kann man nicht so einfach austreten. Wenn man einmal von dem Tentakel der Partei erfasst wird, gibt es kein Entkommen. Ein Austritt bedeutet Terrorisierung der ganzen Familie. Das kann ich nicht riskieren ... Die hohen Bonzen leben wie Könige und wir wie Kirchenmäuse.«

»Das Volk macht der Erich gleicher und sich dabei noch reicher«, reimte Peters Oma. Sie schien immer alles zu verulken. Mal ihren Mann, mal die Politik.

»Die hohen Genossen sprechen jetzt auch vom real existierenden Sozialismus. Damit gestehen sie ein, dass einiges nicht in Ordnung ist. Ich selbst bin nun der Meinung, dass der Kommunismus eine Utopie ist. Es wäre wünschenswert, wenn er funktionieren würde. Der Mensch aber ist nicht dazu geschaffen in absoluter Gleichheit zu leben. Ein...«

»Iss endlich! Dein Essen wird kalt«, unterbrach Frau Hartmann den emphatischen Redefluss ihres Mannes. Unzählige Male hatte sie von Frank Hartmann schon derartige Reden am Esstisch über sich ergehen lassen müssen.

Direkt vor dem Wohnhaus der Hartmanns in der Friedrich-Engels-Straße begann ein großer naturnaher Park. Mit ihren großen alten Bäumen und verschlungenen Wegen kam Peter diese Grünanlage wie ein Urwald vor. Er kannte sonst nur die Betonwüste der Großstadt oder die weiten LPG-Ackerflächen. Diese waren so platt und baumleer, dass es bei starkem Wind gelegentlich Erd- und Sandstürme gab. Wenn Peter bei seinen Großeltern zu Besuch war, verbrachte er den Großteil des Tages in dem Park und kannte schon fast jeden Strauch.

Diesmal spielte er mit den Pankwart Geschwistern, Sabine und Stephan. Sie rannten durch das Gestrüpp, bauten Höhlen aus Zweigen, kletterten auf Bäume und fingen Frösche. So vergaß Peter langsam seinen Kummer.

Diese Grünfläche war eine der wenigen Freizeitattraktionen für die ansässige Bevölkerung. Die Kinder tollten in den Wiesen und Waldbereichen umher. Die Erwachsenen machten ihre

Spaziergänge auf den Schotterwegen und versuchten so, ihre Lungen von den Emissionen der Stadt zu befreien. Die Jugend hatte es da in Apolda schon schwerer. Die einzige große Attraktion waren die Motocross-Rennen, die im hügeligen Teil des Parks stattfanden. Hier konnten die Jugendlichen endlich ihren angestauten Zorn über die Langeweile loswerden. Mit ihren Motorrädern rasten sie über die Hügel, zwischen den Bäumen hindurch, über Pfützen und Baumstümpfe und brachen sich manchmal dabei sogar die Rippen.

Diesmal war in der Ferne wieder das Summen der Motorräder zu hören. Doch Peter und die zwei Geschwister interessierten sich nicht dafür. Sie wollten lieber selbst Abenteuer erleben und suchten diese hinter jedem Winkel der Wege. In die Rolle von Entdeckern schlüpften sie, als sie die »Bonifatiusquelle« erkundeten. Eine winzige Tropfsteinhöhle, die das Bächlein im Park speiste. Plötzlich rutschte Sabine auf einem der mit Algen überzogenen Steine aus und fiel ins Wasser. Ihr Bruder machte sich über ihr Missgeschick lustig. Worauf er sofort von ihr nass gespritzt wurde. Dies war der Beginn einer Wasserschlacht, in der es nur Gewinner gab. Nachdem sie genug hatten, machten sie sich auf den Weg nach Hause. Dabei kamen sie an einem Kriegsmahnmal vorbei, welches an einen antiken Tempel erinnerte. Die nassen Kleider waren sofort vergessen. Nun musste erst mal die Gedenkstätte inspiziert werden. In der Mitte des hexagon-förmigen Mahnmals war eine Glocke, vor der ein Haufen frischer roter Nelken lag. Die Rückwand war mit mehreren Tafeln versehen. Auf jeder Tafel war in einer anderen Sprache das Wort Frieden geschrieben. Peter kannte die meisten davon nicht. Deutsch, Französisch, Spanisch, Niederländisch, Russisch und Chinesisch waren unter anderem dort zu sehen. Peter konnte sich nur denken, dass die anderen Tafeln ebenfalls Frieden bedeuteten. Auf einer Tafel stand auch »Peace«. Freilich erkannte Peter nicht, dass es sich hierbei um Englisch handelte. Doch er fühlte, dass auf einer dieser Tafeln die englische Sprache dargestellt sein musste. Sofort fiel ihm wieder ein, dass es ihm verboten wurde auf seiner Schule Englisch zu lernen und seine Laune schlug um. Trübsinnig machte er sich auf den Heimweg.

Auf ihn wartete eine heiße Tasse Kakao. Außerdem gab es einen frischen, noch warmen Streuselkuchen mit Apfelstücken, den Oma Hartmann extra für ihn gebacken hatte. Peters Großvater war noch nicht von der Arbeit zurückgekehrt. Frau Hartmann genoss seit einem Jahr die Vorzüge des Rentnerdaseins. Sie arbeitete früher, wie viele andere Apoldanerinnen bei der Textilfabrik Polystrick. Dort hatte sie an der Nähmaschine mit neunundzwanzig anderen Frauen im Saal gesessen. Trotz der Doppelbelastung, denn sie führte schließlich auch den Beruf der Hausfrau aus, hatte sie gerne in diesem Betrieb gearbeitet. Dies ist ihre Form der Emanzipation gewesen. Ihr Mann Frank vertrat früher die Meinung, dass sie sich lieber nur um den Haushalt kümmern sollte. Selbstverständlich hatte sie sich damals mit ihrer energischen Art durchgesetzt, wie immer. Mittlerweile war auch Frank Hartmann der Meinung, dass ihre Entscheidung die richtige gewesen war. Das nötige Zubrot konnten sie gut gebrauchen.

Von seinem strengen und konservativen Vater hatte Frank Hartmann die Genauigkeit und den Ordnungssinn geerbt. Zwei Eigenschaften, die ein Beamter braucht. So wurde er Angestellter bei einer Behörde. Seine Genauigkeit war so bekannt, dass seine Kollegen ihm oft ihre Texte zur Korrektur gaben. Sein Traum, Schauspieler oder Schriftsteller zu werden, aber war geplatzt. Er übte nun den Beruf aus, den er in seiner Jugend immer verabscheut hatte. Trotzdem erledigte er seine Arbeit gewissenhaft. Der Beamteneigenschaften sind aber deren drei. Bei der dritten Eigenschaft, der Gehorsamkeit gegenüber der Obrigkeit, zeigten sich deutliche Mängel. Dennoch schaffte er es leitender Angestellter im Kreisgesundheitsamt zu werden. Es kam allerdings manchmal vor, dass er bei seinen Vorgesetzten aneckte. Oft waren dies Fälle von Vetternwirtschaft, die er aufdeckte. Meist blieben diese aber ohne Konsequenzen für die Bevorzugten. Sie besaßen meist hohe Ränge in der Volkspartei und Günstlingswirtschaft war für sie eine Selbstverständlichkeit. Jeder Arbeitstag war ein Gramm auf der Waage der Frustration. In letzter Zeit hatte sich bei Peters Großvater durch seine Unzufriedenheit ein Magengeschwür entwickelt.

Da Frank wieder einmal Überstunden schob, warteten Esther und ihr Enkel nicht mit dem Abendbrot auf ihn. Nach dem Essen gingen sie in das Wohnzimmer und schalteten den Fernseher ein. Esther bestand auf die Investition in eine Flimmerkiste und setzte sich natürlich durch. Dank einer auf dem Dachboden versteckten Antenne konnten sie sogar Westfernsehen empfangen. Den westlichen Sendern gab sie der »langweiligen roten Propaganda«, wie sie das Staatsfernsehen der DDR bezeichnete, den Vorzug.

Während Esther Hartmann und ihr Enkel sich die Tagesschau und damit Westfernsehen ansahen, kam Herr Hartmann nach Hause. Als er bemerkte, dass Esther wieder den von der sozialistischen Führung verbotenen Rundfunk eingeschaltet hatte, schmiss er seine Aktentasche weg, eilte zum Fernsehgerät und schaltete den Ton aus.

»Bist du des Wahnsinns, wenn das jemand hört haben wir gleich die Stasi im Haus. Wenn du unbedingt Westfernsehen sehen willst, mach gefälligst das Fenster zu und stelle den Ton nicht so laut!«

Peter war verwundert über die Reaktion seines Großvaters, der offensichtlich etwas in Panik geraten war.

»Findest du nicht, dass du etwas überreagierst?«, fragte Esther Hartmann, die anscheinend auch über die Reaktion ihres Mannes überrascht war.

»In keiner Weise.«

Peters Großvater schloss das Fenster und lugte durch die Gardine auf den Gehweg. Ein alter Mann mit Krückstock, dessen linker Arm im Krieg verloren gegangen sein musste, humpelte langsam den Weg entlang.

»Niemand kann man noch trauen«, während er sprach folgte er mit seinen Augen dem Kriegsversehrten. »Jeder kann ein Spitzel sein. Jeder. Selbst Freunde sind heutzutage potentielle Verräter. Der Januskopf zeigt dir heute noch seine freundliche Seite und ehe du dich versiehst, wendet er sich gegen dich. Sie überprüfen sogar die Ausrichtung der Antennen und bei Verdacht platzen sie zu jeder Uhrzeit in deine Wohnung hinein. Niemand kann sich mehr sicher fühlen.« Er machte eine nachdenkliche Pause. »Erst die Gestapo, jetzt die Stasi. Das Gefühl des Verfolgtseins hört wohl niemals auf.«

4

Es war der fünfzehnte Juli. Peters Geburtstag. Zehn Jahre hinter dem eisernen Vorhang. Seinen Geburtstag verbrachte er fast immer in Apolda bei seinen Großeltern. Peters Mutter Sarah kam extra deswegen für drei Tage nach Apolda. In dieser thüringischen Kleinstadt, in der Peter sich nur in den Ferien aufhielt, hatte er mehr Freunde als in Leipzig. Alle kamen sie aus der Friedrich-Engels-Straße. Sie alle waren zu dieser kleinen Feier eingeladen. Auch Peters erste große Liebe Svenja kam. Sie hatte das beste Spielzeugarsenal, was er je erblickt hatte. Von Verwandten aus dem Westen bekam sie oft Westspielzeug geschickt. Auch eine riesengroße Modelleisenbahn mit drei verschiedenen Zügen besaß sie. Selbst die Signallampen und Scheinwerfer der Lokomotiven leuchteten. Noch mehr leuchteten die Augen von Peter, wenn sie damit spielten. Diese Spielzeugeisenbahn war für die Kinder der Friedrich-Engels-Straße die Attraktion schlechthin. Aber auch ohne den westlichen Kinderluxus hatten die beiden zusammen viel Spaß. Oft zogen Svenja und er durch das Wohnviertel und neckten die Erwachsenen. Ihr beliebtester Scherz war Klingelmäuschen. Sie trieben damit die Anwohner an den Rand des Wahnsinns, wurden aber nie erwischt.

Alles versammelte sich nun im Wohnzimmer der Hartmanns zum Beginn der Geburtstagsfeier. Oma Hartmann kam mit einer wunderschönen Torte hineinspaziert. Sie hatte extra Peters Lieblingstorte zubereitet: Erdbeertorte. Auf der Torte hatte Sarah Winter Scherzkerzen angebracht, die nach dem Ausblasen wieder angingen. Ein lustiger Gag für die versammelten Kinder. Anschließend war es Zeit für Topfschlagen. Hierin war Peter nicht besonders gut. Statt mit dem Holzlöffel auf den Topf zu hauen, traf er den großen Zeh seines Großvaters. Esther Hartmann amüsierte sich darüber: »Immer feste drauf. Geschieht deinem Opa recht. Immer muss er im Weg stehen.«

Nun wurde es ruhig. Die Spannung im Raum stieg. Peter wurde ganz kribbelig vor Aufregung. Es wurde Zeit die Geschenke zu öffnen. Von seinen Großeltern bekam er ein Buch mit slawischen Märchen. Auf dem etwas unheimlichen Titelbild sah man ein Hexenhaus, das auf hühnerartigen Beinen stand. Svenja schenkte ihm eine hölzerne Möwe. Wenn man an ihrer Schnur zog, vollzog sie flugartige Bewegungen. Darüber freute er sich sehr. Außerdem bekam er einen sowjetischen Spielzeugpanzer, einen Fußball, Kuscheltiere und anderen Klimbim, den man Kindern so gerne schenkte. Er wurde geradezu überhäuft mit Präsenten.

»Mein Geschenk ist noch nicht fertig, ich gebe es dir später«, sagte Peters Mutter mit geheimnisvollem Blick. Es war offensichtlich, dass sie etwas verbarg.

Nachdem die Feier beendet war und alle Gäste gegangen waren, verließ Sarah Winter das Zimmer und flüsterte beim Hinausgehen ihrer Mutter noch etwas in das Ohr. Peters Großvater setzte sich neben seinen Enkel.

»Na mein Junge, wie hat dir die Geburtstagsfeier gefallen?«

»Sie war toll. So viel Spaß hatte ich schon lange nicht mehr.«

»Ja, ähm…«, Herr Hartmann sah seine Frau fragend an.

Den Blick erwiderte sie mit einem auffordernden Nicken.

»Wie wäre es, wenn ich dir einen Tausch anbieten würde?«, und zog dabei zwei große Tafeln Schokolade hervor. Seine Augen visierten ernst den Panzer an und er fuhr fort. »Diese leckeren zwei Tafeln Schokolade, Zartbitter und Nuss, gegen diesen öden kleinen Plastikpanzer. Das ist Westschokolade! Na, wie wäre das?«

Da Peter sich nicht besonders für Panzer interessierte und ein Freund aller süßen Dinge war, willigte er ein. Erleichtert gab der alte Herr seinem Enkel die zwei Tafeln Schokolade und nahm den Panzer vom Tisch und verließ den Raum. In der Küche angelangt, schmiss er diese Mini-Mordmaschine auf den Boden und trat mit voller Wucht auf das Stück geformte Plastik und zerschmetterte es. Kriegsspielzeug war im Hause Hartmann unerwünscht. Sie hatten die Gräuel des Krieges miterlebt und duldeten diese Form der Kriegsverherrlichung nicht.

Sarah Winter kam währenddessen mit einem großen, quadratischen, rotblauen Päckchen wieder in das Zimmer, in dem ihr Sohn mittlerweile schon ein gutes Stück der Tafel Zartbitterschokolade genüsslich verzehrt hatte. Sein Mund war ein augenfälliger Beweis. Peter war ganz überrascht, dass seine Mutter doch schon sein Geschenk hatte. Sarah wollte es nicht vor allen Feiernden verschenken und hatte deshalb auf der Feier einen Vorwand vorgeschoben. Außerdem wollte sie diesen Moment der Schenkung auskosten. Mit großer Mühe hatte sie alle Kontakte in Gang gesetzt, um dieses Präsent zu bekommen. Neugierig riss Peter das Geschenkpapier in Fetzen und öffnete den Karton. In ihm befand sich ein Set bestehend aus einem dicken Buch und zwei Kassetten. Ein Englischlernkurs.

5

Peter Winter sah aus dem Fenster des Zuges. Einige Jahre waren vergangen, seitdem er den Do-It-Yourself-Englischkurs von seiner Mutter geschenkt bekommen hatte. Er wusste noch genau, wie er sich damals gefreut hatte. Die Erinnerung an jenen Moment würde niemals in seinem Leben verblassen. Seitdem hatte er rastlos Englisch gelernt. Zahllose Englischbücher und Kassetten füllten nun seine Regale. Mit endloser Begeisterung und viel Fleiß hatte er es sich selbst beigebracht. Ein Simson der Autodidaktik. Sein Englisch war ausgezeichnet und dem ebenbürtig, das man in einer westdeutschen Schule lernen konnte. Jedoch gab es nicht wirklich viel Gelegenheit es einzusetzen.

Seinen Lebensunterhalt verdiente Peter mit einer Gärtnerlehre. Der Betrieb befand sich in Berlin-Treptow. Es war eine große Gärtnerei, welche Geschäfte in der ganzen DDR belieferte. Peter liebte die Natur und kümmerte sich gerne um Pflanzen. Insofern hatte er Glück, dass es ihm erlaubt wurde diesen Beruf auszuführen. Als Gärtner hatte er nur wenig mit dem System zu tun und war froh, dass er in seinen Glashäusern machen konnte was er wollte.

Der Zug fuhr nun in Leipzig ein. Peter hatte ein paar Tage frei bekommen und wollte diese mit seiner Mutter verbringen. Man konnte den großen Bahnhof aus der Ferne erkennen. Der größte Kopfbahnhof von Deutschland. Selbst die Bundesrepublik konnte einen derart großen Endbahnhof nicht aufweisen. Einst fuhr hier die erste Ferneisenbahn Deutschlands. Peter öffnete mit der notwendigen Kraftanstrengung, die Zugfenster scheinbar immer erforderten, das Abteilfenster. Statt der Geschichte, die diese Zugstation erlebt hatte, nahm er nur den unangenehmen Geruch der Diesellok war.

Langsam fuhr der Zug in den Bahnhof ein. Mit einem kräftigen Quietschen und einem Wackeln hielt der Zug an. Eine größere Kraftprobe als die Zugfenster waren die Türen. Mit einem kräftigen Ruck, welcher den Einsatz seines Körpergewichtes erforderte, öffnete Peter den Ausgang.

Auf dem Bahnsteig war ein Gewusel wie in einem Ameisenhaufen. Die Leute rannten hin und her. Ein ohrenbetäubender Lärm drang in seinen Kopf. Eine Mixtur aus menschlichem Geschnatter, Zugsignalen und Lautsprecherdurchsagen. Seine wartende Mutter hier zu finden war kein leichtes Unterfangen. Mit seinem kleinen Koffer ging er langsam den Bahnsteig ab, während alles an ihm vorbeirannte. Da hatte er sie endlich gefunden. Bei der Begrüßung kullerten ihr ein paar Tränen die Wange hinunter. Sie hatte ihn Monate nicht mehr gesehen und außer ihm hatte sie sonst niemanden mehr. Beide besaßen kein Telefon und Briefe brauchten ungefähr eine Woche bis sie ihren Empfänger erreichten. Manchmal auch mehr. Schließlich wollte die Staatsicherheit mitlesen und das war nun mal zeitaufwendig.

Mutter und Sohn bahnten sich ihren Weg durch die Menschenmassen Richtung Straßenbahnstation. Es war Donnerstagnachmittag und die meisten Menschen hatten ihren Arbeitssoll schon verrichtet. Die Straßenbahn war prall gefüllt. Mit etwas Glück bekamen die beiden gerade noch einen Sitzplatz. Laut kreischend fuhr das gelbe Gefährt die Straßen entlang. Bei jeder Kurve machte ihre Wespentaille knackende Geräusche, als ob der Waggon auseinanderbricht. Bei all dem Lärm fragte Peter sich, wie die Leute in den Wohnungen neben der Straßenbahnlinie diesen Krach aushalten konnten. Er liebte die Ruhe.

In Grünau hatte sich in all den Jahren nichts verändert. Das Grau war immer noch das Grau von früher, die Plattenbauten bewohnt und doch seelenlos.

Während des Abendbrotes tauschten Mutter und Sohn Neuigkeiten aus. Wobei man dies nicht gerade als Austausch bezeichnen konnte. Sarah Winter hatte nicht viel zu erzählen.

Sie erlebte nicht viel. Werktags arbeitete sie in der Kinderkrippe, kaufte ein und sah abends Staatsfernsehen. Die einzige Abwechslung, die sie erlebte war etwas Seltenes im Warenregal. Gestern gab es zum Beispiel Bananen. Eine Rarität. Peter hingegen hatte viel zu erzählen. Er berichtete von seiner Gärtnerlehre und dem neuesten Tratsch aus Berlin. Mit großem Interesse nahm sie das Erzählte auf. Als Nachtisch teilten sich beide eine Banane.

Durch den Lärm einer Schlagbohrmaschine wurde Peter unsanft geweckt. Irgendwo in diesem großen Wohnkomplex beabsichtigte jemand ein Bild aufzuhängen. Um in die Betonplatten ein Loch zu bekommen, brauchte man eine kräftige Schlagbohrmaschine. Ein normaler Bohrer würde hier den Geist aufgeben. Den Schall übertrugen die Platten scheinbar fast so gut wie Wasser. Das Geräusch, der sich in den Beton fressenden Stahlspitze, schien von allen Seiten zu kommen.

»Welcher Idiot bohrt um diese Zeit ...«, durch den Blick auf seinen Wecker wurde Peters wütender Ausruf abrupt abgebrochen. Es war schon halb zehn und er hatte viel vor. Peter wollte auf die Musikmesse und abends, als Krönung des Tages, mit seiner Mutter in das Leipziger Gewandhaus. Die dritte Symphonie von Mendelsohn Bartholdy sollte gespielt werden.

Als er noch bei seiner Mutter wohnte, kam er selten über die Grenzen von Grünau hinaus. Dabei ist die Innenstadt wirklich schön anzusehen, wie er fand. Hier standen noch prachtvolle alte Häuser. Ihr baulicher Zustand war sogar erstaunlich gut. Sie waren deutlich besser erhalten als die Häuser in Apolda. Der Grund dafür lag bei den zahlreichen Besuchern, die durch die Messe angezogen wurden. Sogar aus Westdeutschland reiste man an. Die DDR-Führung wollte hier ihre Leistungskraft demonstrieren.

Der Himmel schien an jenem Tag gut gelaunt zu sein. Kein einziges Wölkchen am Himmel. Eine sanfte Brise wehte der

Straße frische Luft zu. Peter setzte sich in ein kleines Cafe in der Fußgängerzone. Es herrschte Hochbetrieb. Die Kellnerinnen schienen mit der Masse an Kundschaft überfordert zu sein. Peter ließ sich, während er auf die Bedienung wartete, die Sonne in das Gesicht scheinen. Mit geschlossenen Augen genoss er die wärmenden Sonnenstrahlen und ließ seine Gedanken taumeln. Plötzlich schob sich ein Schatten vor die Sonne. Er öffnete die Augen. Vor ihm stand eine blond gelockte Frau. »Was darf ich Ihnen bringen?« Er bestellte sich einen Tee. Aus Kaffee hatte er sich noch nie viel gemacht. Wie ein englischer Gentleman genoss er das Kännchen grün-brauner Flüssigkeit. Weder Zucker noch Milch trübten den Geschmack seines Tees. Dies war allerdings not very british, da Briten ihren Tee fast ausschließlich mit Milch und Zucker tranken. Er bevorzugte jedoch ein unverfälschtes Aroma, ähnlich wie die Asiaten. Sie waren die eigentlichen Erfinder des Teetrinkens. Tee war ihnen so wichtig, dass das Trinken in eigenen Teezeremonien zelebriert wurde. Peter konnte von seinem Tisch aus ein altes reich verziertes Gebäude sehen. Früher hatte ein großer weltbekannter Verlag seinen Sitz in dem Gebäude. Jetzt war im Erdgeschoss ein Obstladen. Die oberen Stockwerke waren zu Wohnungen umgebaut worden. Nur noch eine Plakette erinnerte an die vergangene Nutzung. Einige große Verlage hatten nach dem zweiten Weltkrieg ihren Sitz von Leipzig nach Westdeutschland verlegt. Zwar war Leipzig immer noch die Buchstadt der DDR, jedoch war von dem Literaturzentrum, welches Goethe viel bedeutete, nicht mehr viel übrig.

Schon von weitem konnte Peter das Symbol der Leipziger Messe erkennen. Das doppelte M. Dank der Messe kannte man Leipzig in vielen Teilen der Erde. Aus der ganzen sozialistischen Welt strömten die Menschen herbei. Peter konnte Zigarre rauchende Kubaner erblicken, aber auch eine Gruppe Westdeutscher. Mit ihren bunten Hemden und den dazugehörigen farblich nicht passenden Hosen fielen sie auf wie Paradiesvögel in der Tundra. Derart grelle, bunte Farben waren in den dunkelroten Staaten anscheinend verboten. Denn bei den anderen Besuchern beherrschte Mausgrau die Kleidung, dicht gefolgt im Rang von braunen Karos.

Peter betrat die erste große Halle. Dort sang auf einer riesigen Bühne ein fünfzigköpfiger Chor gerade die Nationalhymne der DDR. Hinter der Bühne prangte das dazugehörige übergroße Symbol des Arbeiterstaates: Hammer und Zirkel, umgeben von einem Lorbeerblatt.

In der nächsten Halle wurde es für ihn schon interessanter. Hier wurden die unterschiedlichsten Schallplatten vorgestellt. Von alten klassischen Werken bis zu den neuesten Liedern, die im Radio liefen. Neben einem westdeutschen Stand trat sogar eine Band aus Westberlin auf, die sich dem Deutschrock verschrieben hatte. »Interessant«, murmelte Peter vor sich hin. Dabei meinte er in erster Linie, dass dieser Auftritt von der DDR-Führung genehmigt war. Eine Viertelstunde reihte sich Peter in die Menschentraube ein. Man merkte den Zuhörern an, dass sie so etwas nicht alle Tage zu hören bekamen. Ohne eine einzige rhythmische Bewegung zu vollziehen, standen die Menschen, wie graue Steinsäulen, gebannt um die Bühne. Es schien dem Großteil zu gefallen, doch wussten sie nicht wie sie darauf reagieren sollten.

Noch bevor er die nächste Halle betrat, kam ihm ein lautes Klangebilde entgegen. Es wirkte auf ihn, wie die Werke mancher Komponisten seiner Zeit. Ohne erkennbare Harmonien, Rhythmus oder Melodien schienen diese Verfechter der Moderne das Publikum in den Wahnsinn treiben zu wollen. Dieses Toncluster, was aus der Halle strömte, war allerdings nicht komponiert. Es wurde von einer Vielzahl klassischer Instrumente erzeugt, die von Messebesuchern getestet wurden. Direkt hinter dem Eingang standen die unterschiedlichsten Klaviertypen. Peter konnte sich gar nicht vorstellen, dass es so viele davon gab. Kurze Flügel, lange Flügel, Klaviere für den Hausgebrauch, für Konzerte, in allen möglichen Farben und Formen. Jedes Pianistenherz würde bei diesem Anblick höher schlagen. Bei einem eleganten schwarz lackierten Steinway-Flügel konnte Peter nicht widerstehen. Er setzte sich auf den dazugehörigen Sitz, klappte den Tastenklappe hoch und fühlte sich schon wie ein richtiger Virtuose. Die Klänge, die er entstehen ließ, bewiesen aber das Gegenteil. Die Töne zogen den Blick des westdeutschen Standbetreuers auf sich. Halb entsetzt, halb amüsiert, sah sich dieser das Ganze aus gebührender Entfernung an. Als Peter jede Taste und jedes Pedal ausprobiert hatte, klappte er den Konzertflügel zu. Dem Angestellten sah man die Erleichterung sichtbar an. Neugierig geworden, wie viel den solch ein Instrument koste, näherte Peter sich dem Westdeutschen. Mit hochgezogenen Augenbrauen und einem breitem Grinsen, welches ein Lachen zu unterdrücken versuchte, wartete der Betreuer darauf, was dieser ostdeutsche Virtuose denn von ihm wollte.

»Kann ich Ihnen helfen?«

»Ja, ich wollte nur mal wissen, was denn dieses Klavier dort kostet«, sagte Peter und zeigte auf den Flügel, auf dem er gerade rumgeklimpert hatte.

Mit seiner nasalen, leicht blasierten Stimme antwortete der Angestellte düpiert: »Dieses Pianoforte ist ein Konzertflügel aus dem traditionsreichen Hause Steinway & Sons und wurde in unserer Hamburger Manufaktur handgefertigt. Nur die erlesensten Holzsorten wurden für die Herstellung verwendet. Die Tastenbeläge sind aus Elfenbein. Unsere seit Jahrzehnten angewandte Herstellungsweise, welche kontinuierlich verbessert wird, garantiert höchste Klangqualität. Wie sie sich ja schon überzeugen konnten«, sein Grinsen wurde so breit, dass man die Zähne sehen konnte, »Für achtzigtausend D-Mark ein echtes Schnäppchen.«

In Ostmark umgerechnet bedeutete es mehr als das doppelte.

Peter bekam seinen Mund nicht mehr zu. Dies war der höchste Preis, den er in seinem ganzen Leben gehört hatte und dies noch nicht mal für etwas Lebenswichtiges. Für ein Instrument!

Peter hatte zwar erwartet, dass dieses Instrument teuer sein würde, aber so teuer? Ein normaler Bürger der DDR konnte sich so etwas niemals leisten. Nur hohe Funktionäre oder Philharmonien konnten in den Genuss dieses Pianos kommen. Der Standbetreuer genoss eine zeitlang die Reaktion, die er bei Peter hervorgerufen hatte und drehte ihm dann mit Genugtuung den Rücken zu.

Etwas weiter standen Instrumente aus alten Zeiten. Hammerklaviere, Cembali und Spinnette. Ein schlanker Mann mit großen Spinnenfingern testete gerade ein reich verziertes Cembalo. Die Spinnenfinger des Mannes, der offensichtlich ein Pianist war, eilten so schnell über die verschiedenen Manuale, dass man sie schon fast nicht mehr sah. Die Arme dieses Musikers überkreuzten sich und machten dabei alle möglichen Verrenkungen, als hätten die Finger Kontrolle über den Rest des Körpers. Wahrlich virtuose Klänge wurden hervorgezaubert. Peter sah sich dieses kleine Konzert bis zum Schluss an. Er war richtig enttäuscht, als der Pianist das Instrument fertig getestet hatte und seinen Rundgang fortsetzte. So setzte auch Peter seine Erkundung fort. Ein paar Ecken weiter waren Blasinstrumente. Einige Chinesen, mit Notizblöcken bewaffnet, vergewisserten sich von der Qualität der ihnen feilgebotenen Tubasorten. Das Gedränge war so dicht, dass Peter gleich weiter ging. Dahinter war die Abteilung mit den Streichinstrumenten. Mit Bewunderung beobachtete er die vielen Musiker und Experten, die gekonnt die Instrumente auf Herz und Nieren prüften. Er wäre auch gerne Musiker geworden, doch für Musikunterricht und ein Instrument fehlte das Geld.

Als er an einem Stand vorbeiging, der eine Auswahl von Partituren zeigte, hörte er plötzlich wie jemand »Das können Sie doch nicht machen!«, rief.

»Und ob! Es wurde Ihnen untersagt, diese Liedtexte auszustellen. Wenn Sie wollen, können Sie gleich mitkommen«, äußerte ein nicht freundlich aussehender Mann in grauer Kluft, der in Begleitung von drei weiteren grauen Herren war. Peter war der Einzige, der plötzlich stehen blieb. Alle anderen Besucher würdigten dieses Szenario keines Blickes. Das einzige Indiz ihrer Kenntnisnahme waren ihre schnelleren Schritte. Niemand wollte in der Nähe dieses Standes sein. Die vier Männer packten noch ein paar weitere Hefte in einen Karton und verschwanden. Verängstigt blieb der Leiter des Standes zurück. Peter überlegte sich, ob er fragen sollte was denn dort konfisziert worden war. Doch dann überkam ihn die Sorge, dass er auffallen würde. Er machte es den anderen Messegängern gleich und beschleunigte seinen Schritt.

Durch diese harte Begegnung mit der Realität wurde er jäh aus seinem Tagtraum herausgerissen. Fast hatte er geglaubt er wäre einer dieser großen Musiker, die überall auf der Welt herumreisen. Scheinbar grenzenlos. Jetzt wurde ihm bewusst, dass er nur ein unbedeutender, unbekannter Ostdeutscher war, der niemals die westliche Welt sehen würde und der zu keiner Zeit seine Meinung frei äußern darf.

Die Lust an der Messe war ihm vergangen. Er machte sich auf den Weg zum Ausgang und durchquerte dabei den Bereich mit den Bandinstrumenten. Die vielen einzigartigen Gitarren und Schlagzeuge konnten seine Blicke nicht auf sich lenken. Versunken in trübsinnigen Gedanken wollte er nur noch raus.

Peter fuhr wieder in die Innenstadt. Vor dem Leipziger Gewandhaus setzte er sich auf eine Bank und sah zu, wie die Sonne sich langsam dem Horizont näherte. Um neunzehn Uhr war er mit seiner Mutter verabredet.

Er hatte seiner Mutter einen Philharmoniebesuch geschenkt, den er an diesem Abend einlösen wollte. Seine Mutter hatte die besten Kleidungsstücke angezogen, die sie besaß. Dennoch fiel auf, dass Mutter und Sohn nicht zu den üblichen Konzertbesuchern gehörten. Einige Gäste fuhren mit schwarzen sowjetischen Limousinen vor. Vorwiegend alte Herren, die sich in der Hierarchie nach oben gedient haben. Sie trugen feine schwarze Anzüge, die sich ihrem oft korpulenten Körperbau perfekt anschmiegten. An ihren Revers blitzten Parteiabzeichen der SED. Eingehakt in ihre Arme waren Frauen, bei denen feinster Schmuck zeigte, wo ein Teil des Staatsgeldes hinfloss. Bei diesem Konzert gab sich die Nomenklatur die Ehre.

»Peter, ich bin ja so aufgeregt. Ich war noch nie in einem Konzert.«

»Dann wird es ja höchste Zeit.«

Peter gönnte sich ab und zu in Berlin mal einen Konzertbesuch auf den billigsten Plätzen. So lernte er verschiedene Komponisten und Interpreten kennen.

Das Licht verdunkelte sich und es wurde leise im Saal. Der Dirigent trat auf. Es war der Vorzeigedirigent der DDR, Kurt Masur. Der Abend begann mit der dritten Symphonie von Felix Mendelssohn Bartholdy, der Schottischen.

Die Symphonie entstand bei einer Reise Bartholdys im Jahre 1829 nach Schottland. Schon mit zwanzig Jahren hatte Felix Mendelssohn Bartholdy einen großen Bekanntheitsgrad erreicht und reiste nach Großbritannien um seine Karriere zu festigen. Nur allzu gerne hätte Peter mit ihm getauscht. Wie auch Bartholdy, so hatte auch Peter die Romane von Sir Walter Scott verschlungen. In diesen Büchern wurde die Landschaft Nordbritanniens derart bildhaft beschrieben, dass man sie sich leicht vorstellen konnte. Bartholdy hatte vor langer Zeit mit seiner Reise die Möglichkeit gehabt, aus der Fiktion Wirklichkeit zu machen. Anderthalb Jahrhunderte später war diese Möglichkeit für Peter nicht gegeben. Keine noch so schnellen Autos und Flugzeuge konnten diese Wegstrecke für ihn zurücklegen, die einst der große Komponist mit Pferdewagen und Schiff bewältigte.

Schon nach den ersten Takten schloss Peter die Augen und genoss die Musik. Im ersten Satz verwandelte sich für ihn das Moll der Holzbläser und Streicher in die einsame schottische Berglandschaft. Er sah Nebel, die steile Berghänge hinabglitten, riesige Wasserfälle, weite Moore, tiefe Seen, vom Wind gepeitschte Bäume, tödliche Klippen und Möwen, die darauf brüteten, Fjorde, die sich weit in das Land streckten und Seehunde die darin schwammen. All das verkörperte für ihn der erste Satz. Der belebte zweite Teil der Symphonie mit seinen heiteren Melodien symbolisierte für ihn das unbesorgte Leben der schottischen Bevölkerung. Ein stark belebtes Dorf mit kräftigen rothaarigen Menschen tat sich vor ihm auf. Die Kinder spielten ausgelassen und die Familien bereiteten ein Dorffest vor. Ausgelassenheit überall. Während des Adagios sah er leichten Nieselregen fallen und in eine Zusammenkunft schottischer Männer mit geflochtenen Bärten und Kriegspanzerung verwandelte sich der letzte Satz des Werkes.

Während die »Schottische« gespielt wurde, hatte er die ganze Zeit die Augen geschlossen. Doch jetzt war Pause. Er wäre lieber weiter durch seine Vorstellung der schottischen Welt gewandert. Jetzt sah er sich aber umgeben von Personen, von denen er am liebsten so weit entfernt wie möglich wäre, mit Ausnahme seiner Mutter. Einige der anwesenden Herren bliesen denselben Rauch in die Luft, den Peter auch schon vor den Messehallen vernommen hatte. Der Geruch, der einst Revolution bedeutete und den Nachgeschmack von Unterdrückung und Ausbeutung besaß. Genüsslich pustete ein Mann, der kein einziges Haar mehr auf dem Kopf trug, Ringe in die Luft. Sarah Winter musste husten. Ihr schien, als wäre mehr Zigarrenqualm als Sauerstoff in der Luft. Peter sah dem glatzköpfigen Mann intensiv beim Ringe in die Luft schießen zu. Verschiedene Orden baumelten stolz an seinem Anzug. Mit seinen tief im Gesicht verborgenen Augen bemerkte der Herr den strengen Blick des jungen Mannes. Als ob er beweisen wollte, wie gut er in seiner Disziplin war, schoss er einen kleinen Ring durch einen größeren. Er wandte sich Peter zu, öffnete sein Zigarrenetui und fragte: »Nu meen Guder, willschd Du och eene? Habsch aous Hovonnah mütjebrochd.«

Der sächsische Dialekt wurde von seinem mehrfachen Kinn so verstärkt, dass es Peter nur mit Anstrengung möglich war, ihn zu verstehen.

»Nein danke. Ich rauche nicht.«

»A do gann mon nüschds mochn«, bemerkte der Herr der Ringe und widmete sich wieder seiner Lieblingsbeschäftigung.

Peter schwor sich niemals mit dem Rauchen anzufangen. Es war für ihn sowieso ein unbezahlbarer Luxus.

Die Glocke ertönte. Die Pause neigte sich dem Ende zu und alles bewegte sich wieder in den Konzertsaal. In der zweiten Konzerthälfte wurde Mahlers »Titan« gespielt. Für Peter war der Höhepunkt schon gewesen. Obwohl er auch Mahler gerne hörte, bevorzugte er doch die Vertonung Bartholdys, die seine Phantasie zu fernen Reisen anregte.

Nach dem Konzert fuhren Sarah und Peter mit der Tram wieder zurück. Die Bahn war so gut wie leer. Die anderen Konzertgänger benutzten ihre eigenen Fahrzeuge.

Am Samstagmorgen konnte Peter lange ausschlafen. Nichts regte sich im Wohnblock. Heute wollten beide einen Ausflug zum Kulkwitzer See machen. Sarah Winter packte einen großen Picknickkorb zusammen und mit Badezubehör ausgestattet, machten sie sich auf den Weg. Der Kulkwitzer See lag in der Nähe von Grünau. Man musste nur einen kleinen Häuserblock, der einst ein unabhängiges Dorf war, durchqueren und schon erreichte man das beliebteste Naherholungsgebiet der Leipziger. Einst ein Braunkohletagebau, war er nun eine riesige Badefläche. Die Sonne meinte es an diesem Tag gut. Selbst im Schatten konnte man sich nicht die nötige Kühlung verschaffen. Sarah und Peter hatten ein großes Problem einen Platz zu finden, wo sie ihre Decken ausbreiten konnten. Auf dem FKK-Teil wären zwar noch ein paar Plätze frei gewesen, doch von dieser Frei-Körper-Kultur hielten beide nicht viel. Vorwiegend alte Männer mit Bierbäuchen und Haaren auf den Rücken hielten sich dort auf. Diese Unästhetik wollten die beiden nicht sehen.

Endlich fanden die beiden ein geeignetes Plätzchen. Es war in der Nähe der Imbissbuden. Mutter Winter hatte für genug Proviant gesorgt, sodass die beiden nicht auf die feilgebotenen Bockwürste zurückgreifen mussten. Nachdem beide ausgiebig geschwommen waren, legten sich Mutter und Sohn wieder auf ihr errungenes Territorium in der Menschenmasse. Frau Winter verwandelte sich in eine lebende Bratwurst, die sich ab und zu selbst wendete, um gleichmäßig gegrillt zu werden.

Für Peter war das Zeremoniell des Sonnens zu langweilig. Er beobachtete lieber die Umgebung. An einem Strand gab es schließlich viel zu sehen. Jede Menge knapp gekleideter junger Damen, die von ihrer Haut so viel zeigten, wie nur möglich. Oder zwei Kinder die eine Sandburg bauten, nur um sie gleich wieder zu zerstören. Unweit der zermatschten Sandburg lag eine brünette, leicht gebräunte Schönheit. Sie schlief und ihr Gesichtsausdruck war unbesorgt und unschuldig wie ein Engel. Ihre Haut war makellos und der Po wohlgeformt. Auf ihrem Rücken, dem sie noch etwas mehr Farbe verleihen wollte, lagen noch ein paar winzige Wasserperlen. Durch das Sonnenlicht funkelten sie wie Diamanten.

»Kannst du nicht besser auf unsere Kinder aufpassen!«

Durch den schrillen Ausruf einer wütenden Frau wurde sein Blick von der jungen Frau abgelenkt. Das Ehepaar, dem die Kinder mit der zermatschten Sandburg gehörten, fing heftig an zu streiten. Die idyllische Ruhe war dahin. Peter drehte sich um. Sein Blick fiel auf ein großes Schiff. Es stand mitten auf einer Wiese, als brauchte es kein Wasser, um voranzukommen. Es beherbergte ein gutes Restaurant. Die lokale Parteiführung hielt dort oft Empfänge ab. Mit seiner Mutter war er noch nie dort essen gewesen. Zu hoch waren die Preise. Eine Curry- oder Bockwurst von den Imbissbuden war das Einzige, was sie sich am See ab und zu geleistet hatten. Peter hatte genug gesehen und nahm ein Buch aus seiner Tasche. Oliver Twist. Auf englisch natürlich.

Am nächsten Tag brachte ihn seine Mutter zum Bahnhof. Wie bei jedem Abschied weinte sie ein paar Tränen und gab ihm einen Abschiedskuss. Diese mütterlichen Emotionen waren ihm in der Öffentlichkeit immer etwas peinlich. Lärmend machte sich der Zug auf nach Berlin.

6

Grell erklang der Wecker. Sechs Uhr morgens. Eigentlich war Peter Morgenmuffel, aber die Arbeit begann um acht Uhr. Da bei ihm um diese Uhrzeit jede Bewegung dreimal so lange dauerte wie normal, brauchte er immer über eine Stunde bis er seine Wohnung verließ. Nachdem er den Wecker ausgeschaltet hatte, blieb er, wie bei jedem Tagesbeginn, noch fünf Minuten im Bett. So lange brauchte er bis sein Motor ansprang. Im Schneckentempo machte er sich auf den Weg in das Badezimmer. Sein Gang mit dem nach vorne geschobenen Kopf, den watschelnden Bewegungen und dem Kratzen am Hintern ließ ihn aussehen wie einen Neandertaler. Der Spiegel bestätigte den Eindruck. Die Haare standen in alle Himmelsrichtungen und der Möchtegernbart spross unregelmäßig aus dem Gesicht. Nach der Rasur kroch er unter die Dusche. Kaum hatte er den Wasserhahn angestellt, schnellte er wieder raus. Das Wasser war eiskalt. Nachdem er eine Weile gewartet hatte, stellte er das Wasser erneut an. Diesmal sprang er noch schneller aus der Dusche. Es war zu heiß. Nach langwierigem Regulieren des Zuflusses konnte er endlich duschen. Über eine halbe Stunde benötigte Peter, um sich im Bad von einem Urmenschen in einen zivilisierten Menschen zu verwandeln. Das Frühstück verspeiste er dafür umso schneller. Er musste sich beeilen, seine Straßenbahn fuhr um zwanzig nach sieben.

Peter wohnte im Prenzlauer Berg. Das Haus in der Cantianstraße sah von außen zwar ziemlich kaputt aus, aber die Wohnung hatte Peter sich hübsch hergerichtet. Die Regierung trug nichts zum Erhalt der ehemals prächtigen Häuser bei. Im Gegenteil, wer sein Haus instand hielt wurde oft als Anhänger vergangener Zeiten beschimpft. Es war modern in Plattenbauwohnungen zu wohnen.

Die Gegend um die Schönhauser Allee hatte Charakter und

einen leicht revolutionären Charme. Die Mauer war nur wenige Meter entfernt. Die Freiheit zum Greifen nahe. Außerdem war die Verbindung mit dem Öffentlichen Nahverkehr recht gut. Um zur Gärtnerei zu gelangen, musste Peter zweimal umsteigen. Sie lag in Treptow. Kurz vor Dienstbeginn kam Peter an.

»Keine Sekunde zu früh, Herr Winter«, bemerkte Herr Meyer, der Leiter des Betriebs, mit einem Augenzwinkern.

»Wäre ich eine Sekunde früher da, wäre das ja Zeitverschwendung. Zeit ist bekanntlich Geld«, antwortete Peter frech.

Scherzend fügte Herr Meyer hinzu: »Und davon haben wir hier im Osten ja wenig.«

Beide mussten lachen. Mit Herrn Meyer verstand sich Peter recht gut. Überhaupt war das Betriebsklima von Freundschaftlichkeit geprägt.

Peter eilte zu seinem Spind und zog sich seine Gärtnerschürze über.

»Guten Morgen Peter«, grüßte Holger, der in seinem unordentlichen Spind herumwühlte und offensichtlich nicht das fand, was er suchte.

»Morgen Holger, wie geht's?«

»Muss ja, ich könnte mir etwas Schöneres vorstellen, als um diese Zeit auf Arbeit zu sein«, antwortete Holger, der noch ein größerer Morgenmuffel als Peter war.

»Jaja, weiter pennen bis in die Puppen. Das sieht dir ähnlich.«

»Ja, in den Armen meiner Kleinen, die mir dann gegen Mittag mein Frühstück an das Bett bringt.« Diese Äußerung wurde von Holger mehr gegähnt als gesprochen.

»Das hättest du wohl gerne. Die hat dich doch fest im Griff.«

Mit einer Machopose versuchte Holger dieses zu widerlegen, nahm sich aber selber nicht ernst.

»Spinner«, sagte Peter, »Ich geh mal zu meinen Kleinen.«

»Ja, red mit deinen Pflanzen weiter.«

»Die hören mir wenigstens zu.«

Holger und Peter verstanden sich gut und unternahmen oft nach Feierabend etwas zusammen. So hatte Holger seine Freundin bei einem gemeinsamen Diskobesuch kennen gelernt. Peter kontrollierte die Luftfeuchte in einem der Glashäuser, für die er zuständig war. In diesem Bereich der Gärtnerei befanden sich fleischfressende Pflanzen. Nur wenige Gärtnereien besaßen sie. Der Betrieb lieferte sie vorwiegend an botanische Gärten. Aber auch ein paar Politiker waren Liebhaber dieser bizarren Lebewesen. Mit der Gießkanne machte Peter die Runde. Der saure Boden musste gut durchtränkt sein, da der Großteil dieser karnivoren Pflanzen in Mooren lebte. Das Gießwasser ließ die Fangarme des Sonnentaus wie eine Perlenkette aussehen. Jede Perle täuschte süßen Nektar vor und war absolut tödlich für Fliegen. Wenn ein kleines Insekt diese Tropfen berührte, blieb es kleben, wurde von den Fangarmen eingehüllt und langsam von der Pflanze zersetzt. Ein dicker brauner Käfer krabbelte über den Boden. Schnell fing ihn Peter. Mit ihm wollte er die Venusfliegenfalle füttern. Bei dieser Pflanze geschah der Fangvorgang sichtbar schnell. Vom Aufbau ähnelte dieses Exemplar einer Schnappfalle. Sobald ein Insekt eines der Fühlhärchen berührte, schnappte sie blitzschnell zu. Kaum hatte Peter den Käfer auf die Falle gelegt, wurde er schon verzehrt. Nur noch ein zappelndes Bein war zu sehen. Die Venusfliegenfalle war seine Lieblingspflanze. Der Stickstoff, der in dem Chitinpanzer des Käfers enthalten war, diente ihr als Dünger. Fasziniert betrachtete er das kleine Monstrum.

»Dienstbesprechung!«, brüllte Holger, der sich heimlich an Peter angeschlichen hatte, um ihn zu erschrecken, während dieser Stecklinge setzte.

»Haha«, sagte Peter und wollte seine von Erde verschmutzten Hände in Holgers Gesicht bringen. Doch Holger konnte schnell genug ausweichen.

»Ich komme gleich nach, Holger. Ich wasch mir nur noch schnell die Hände.«

Alle Angestellten hatten sich versammelt. Als Peter verspätet hereinkam und seinen Platz einnahm, begann Herr Meyer die Sitzung auf der verschiedene betriebliche Belange diskutiert wurden. Peter musste zum Beispiel über seine Erfolge bei der Bekämpfung des Pilzbefalles an den Drosera rotundifolia, für Nichtfachleute: dem rundblättrigen Sonnentau, berichten. Ein Außenstehender hätte bei dieser botanischen Fachsimpelei kein Wort verstanden. Am Ende der Besprechung angelangt, verkündete Herr Meyer froh: »Wir haben zu gut gearbeitet. Wenn wir so weitermachen, werden wir unser Soll übererfüllen. Also können wir es für den Rest des Jahres langsam angehen lassen.«

Der Betrieb bekam von oben vorgeschrieben, wie viel Umsatz er erreichen musste. Wenn sie das Soll erreichten, gab es mehr Geld. Bei einer Unterschreitung, die in dieser Gärtnerei noch nie eingetreten war, würden viele Vergünstigungen wegfallen. Da das Soll der Betriebsleistung angepasst wurde, strengte sich Herr Meyer immer an, dass sie das Soll nicht übererfüllten. Für den Fall einer Übererfüllung würde das Soll im nächsten Jahr nur mit mehr Arbeitsaufwand erreichbar sein. Mit weniger Arbeit erreichte man mehr. Das System funktionierte.

Auf dem Heimweg stieg Peter am Alexanderplatz aus. Er wollte noch ein paar Einkäufe erledigen. Der Alexanderplatz war der Vorzeigeplatz der DDR. Das Zentrum Ostberlins. Sternförmig führten die Straßen auf ihn zu. Sie waren breit genug für große Paraden, bei denen sich die Führung selbst feiern konnte.

Erst vor zwei Wochen hatte es eine gigantische Militärparade mit Tausenden von Teilnehmern gegeben. Die NVA-Soldaten waren im Stechschritt, den auch die Nazis so liebten, an der

Tribüne des Palastes der Republik vorbei gestampft. Erich Honecker hatte ihnen, wie die Königin von England, zugewunken. Unzählige gepanzerte Fahrzeuge und Vorführraketen waren ihnen gefolgt. Peter erinnerte sich genau an diese Vorführung der Macht. Ein Schauder lief ihm über den Rücken.

Trotz der vielen Menschen wirkte der Alexanderplatz etwas trostlos und leer auf Peter. Ein riesiges Mosaik mit glücklichen Arbeiterinnen und Arbeitern schaute auf die Menschen herab. Niemand schaute hinauf. Glückliche Arbeiter sah Peter nicht. Die Menschen hetzten hin und her, leer von Idealen.

Bevor er in den Konsum ging, wollte Peter einen Blick auf die Weltzeituhr werfen. Nicht weil er sie schön fand. In seinen Augen wirkte sie genauso verzweifelt und ausgemergelt, wie alles auf diesem Platz. Er wollte wissen, wie viel Uhr es in den anderen Ländern der Welt war. Hier in der Deutschen Demokratischen Republik zeigte sie fünf Uhr an. Nicht wissend, dass es für den deutschen Sozialismus fünf vor zwölf war. In Großbritannien war es erst vier. Als er seine Neugier befriedigt hatte, kaufte er Lebensmittel im Konsum für seinen hungrigen Magen ein.

Nach dem Abendessen machte er einen Spaziergang durch den Prenzlauer Berg. Die Seitenstraßen waren ruhig und wer einen Balkon hatte, den man gefahrlos betreten konnte, nutzte ihn. Einige Vorbauten mussten wegen der Gefahr, die von ihnen ausging, abgerissen werden. Diejenigen, die nicht die Möglichkeit hatten auf einem Balkon die abendliche Sonne zu genießen oder einfach Geselligkeit suchten, gingen in die Cafes. Der Schall von heiteren Stimmen war überall vernehmbar. Nur gelegentlich störte ein Auto diese sommerliche Atmosphäre. Die entspannende Wärme machte Peter Appetit auf ein Eis. Er reihte sich in die lange Warteschlange der Eisdiele »Der kleine Eisbär« ein. Im Sommer strömten Jung und Alt dahin und nahmen lange Wartezeiten in Kauf. Heute waren es mal wieder viele Eishungrige. Peter musste fast zehn Minuten auf sein Eis warten. Er bestellte sich ein Softeis mit Schokoladensoße. Hiervon konnte er nie genug bekommen.

Peter folgte dem Lauf der Gleimstraße. Eines der braungrauen Häuser hob sich von dem Rest penetrant ab. Es besaß drei große Balkone, die derart mit Grünpflanzen bedeckt waren, dass es aussah, als hätte man einen Wald an die Hauswand gepresst. Kleine gut gepflegte Bäumchen und ein kleines Blumenmeer labten sich auf jedem dieser Anbauten an der abendlichen Sonne. Efeu und Blauregen rankten von einem Balkon zum anderen. Eine grünblaue duftende Brücke, welche die einzelnen Etagen in Harmonie verband. Auf der obersten Grünfläche stand eine kleine bronzene Voliere. Ein Wellensittich sang einsam seine Klagelieder und ließ sie von der Luft in der Straße verbreiten. Diese grünen Oasen waren ein leiser Protest gegen das sozialistische Grau. Zumindest dachte Peter dies.

Er spazierte weiter, bis er nicht mehr weiter konnte. Ursprünglich war die Gleimstraße etwas länger, doch ihr Ende wurde abgeschnitten. Peter stand vor ihr: Der Mauer.

Dieses Bauwerk des Terrors wurde von den Genossen als »antifaschistischer Schutzwall« bezeichnet. Angeblich sollte er die Ostbürger von den westlichen Faschisten beschützen. Peter wusste, dass dies eine Lüge war und die Regierung dadurch die Flucht ihrer Untertanen verhindern wollte. Viele versuchten zu fliehen, viele ließen ihr Leben. Peter hasste das verbrecherische Stück Beton, dass auch seinen Vater auf dem Gewissen hatte. Er war hier gefangen, wie in einem Vogelkäfig. Die Mauer spaltete nicht nur Berlin, nicht nur Deutschland, sie trennte nicht nur Familien, sie trennte die ganze Welt.

Peter war sich des Wettrennens der Supermächte bewusst. Dem erbitterten Kampf um die Vorherrschaft. Aber er war sich auch sicher, dass der Kommunismus niemals siegen würde.

Auch wenn er dies nicht mehr miterleben würde. Mit gebührendem Abstand betrachtete er diesen Wall und spuckte in die Richtung. Auf einem Wachturm sah er zwei Soldaten mit umgehangenen Gewehren. Ein anderer Volkssoldat sah über die Mauer in Peters Richtung. Er musste auf einem Podest stehen. Der Soldat war nicht viel älter als Peter. Ihre Blicke trafen sich. Wie zwei Wildwestcowboys sahen sie sich ernst in die Augen, nur dass Peter unbewaffnet war. Als der Soldat genug von dem Spielchen hatte, verschwand er wieder hinter der Betonwand.

Eine Amsel trillerte ein fröhliches Liebeslied von einer Tanne herab. Nach Beendigung der Strophe flog sie ein Stück weiter und setzte sich auf ein Stück Stacheldraht der Mauer. Erneut begann sie zu Tirilieren. Peter bewunderte dieses schwarze Männchen und hörte seinem Gesang zu. Das Lied der Amsel wurde von der anderen Mauerseite beantwortet. Plötzlich schwang sie sich in die Luft und flog hinüber.

7

Am nächsten Morgen freute sich Peter schon auf den Abend. Er wollte sich dann mit seiner Englisch-Lerngruppe treffen. Bei diesen Treffen gab Peter seine Englischkenntnisse an Andere weiter, denen es ebenfalls nicht möglich gewesen war in der Schule Englisch zu lernen. Die Gruppe setzte sich bunt zusammen, vom Medizinstudenten bis zum Maurer. Peter nannte diese Gruppierung »Mein englischer Club«.

Als seine Arbeit beendet war, fuhr er schell nach Hause, so schnell wie seine Straßenbahn fuhr, aß ein bisschen, zog sich um und machte sich auf den Weg zu Marthas Wohnung. Die Lerngruppe traf sich immer abwechselnd in der Wohnung eines Mitglieds. Diesmal traf man sich in Marthas Wohnung in Pankow. Peter musste nur zwei Stationen mit der Straßenbahn zurücklegen. Die Statur von Martha ähnelte der einer Walküre. Verstärkt wurde dieser Eindruck durch ihr langes blondes Haar, was sie immer zu einem Zopf gedreht hatte. Ihre Stimme war laut und hätte einen ganzen Opernsaal problemlos beschallen können. Ihr Geld verdiente sie sich aber als Bibliothekarin. Wenn sie lachte knuffte sie häufig, der Handlung und ihrer Stärke völlig unbewusst, ihre Sitznachbarn. Peter hatte schon manche blaue Flecken auf diese Weise davon getragen. Ihr Herz war aber gutmütig. Keiner Fliege konnte sie etwas antun.

Ausnahmsweise kam Peter diesmal nicht als letzter, denn Wolfgang kam nach ihm. Peter brachte den Englisch-interessierten an diesem Abend das »Past Perfect« bei. Wolfgang war Maurer von Beruf und ein typischer Berliner. Er war drahtig und wirkte mit seiner militärisch wirkenden Kurzhaarfrisur wie ein Major. Den Dienst an der Waffe hatte er jedoch verweigert. Stattdessen musste er während der Wehrpflicht als Bausoldat bei der Errichtung von militärischen Gebäuden helfen. Er und Peter waren die einzigen Männer in der Runde, die auf diese Weise gedient hatten. Den Dienst an der Waffe zu verweigern erforderte viel Courage. Eine berufliche Kariere war danach hinüber.

Mit seiner Berliner Schnauze hatte Wolfgang die größten Schwierigkeiten von allen mit der englischen Sprache.

Wolfgang probierte sich an einem Satz: »Se girl had already left se train when se Stasi arrived.«

»Grammatikalisch war das schon ganz gut aber die Aussprache des ›The‹ muss du noch ein bisschen üben«, merkte Peter an.

»Ick wes och nich'. Dit will enfach nich' über meene Lippn.«

»Du hast aber schon große Fortschritte gemacht, in der Zeit seit du zu uns gestoßen bist«, lobte Peter und nahm Agnes als nächstes dran. »Agnes, probier doch mal einen Satz mit dem Past Perfect.«

»I have hoped to become a free citizen, but my hope was destroyed«, versuchte sich Agnes.

»Das war nicht ganz korrekt, Agnes. Es heißt: I had hoped to become a free citizen, but my hope was destroyed«, und mit seinem charmantesten Lächeln, welches er auflegen konnte, fuhr er fort: »Aber ich will dir das mal verzeihen, wenn du morgen Abend mit mir in die Bühnenfassung des Untertans gehst.«

Martha hatte vor einem halben Jahr ihre Freundin Agnes mit in die Gruppe gebracht. Agnes besaß dunkle große Augen, schwarzes halblanges Haar und ein strahlend weißes Lächeln, welches von sanften Lippen umrandet war. Eine liebenswerte Person, die jeden mit ihrem Charme verzaubern konnte.

»Oh, wenn mir mein Lehrer meinen schlimmen Fehler verzeiht, gehe ich gerne mit ihm in die Theateraufführung. Außerdem spielt ja auch mein Bruder mit, wie du weißt. Das kann ich mir nicht entgehen lassen«, antwortete sie und versuchte dabei sehr verführerisch auszusehen.

»Ich hol dich um sieben ab.«

»Sagen wir zehn vor. Du kommst ja sowieso nie pünktlich.«

Peter versuchte ihr zu entgegnen » Was soll…«, wurde aber

von Waldemar abgeschnitten.

»Ähm, ... ich will ja nicht stören«, sagte Waldemar, »aber ich würde gerne weitermachen.«

Waldemar war der Älteste in der Runde. Die Anderen gaben ihm den Spitznamen Waldi, was er gar nicht so lustig fand. Sein Haar war nur noch am Rand vorhanden. Deshalb zog er gerne einen Hut auf. Er ging in diesem Jahr auf die dreißig zu. Mit der dicken Brille und dem leicht vorgewölbten Bauch wurde er oft zehn Jahre älter geschätzt. In einem Kleidungskombinat arbeitete er als Planungsleiter, als so genannter Dispatcher.

Nachdem sie ihre Kenntnisse der englischen Grammatik ausgebessert hatten machten ein paar Flaschen Bier die Runde. Peter erzählte von dem zu gutem Betriebsergebnis. Daraufhin gab Hans, der mit Peter und Martha zu den Initiatoren der Lerngruppe gehörte, eine seiner Geschichten zum Besten: »Ich hab' vor kurzem von meinem Chef 'ne Begebenheit aus der Sowjetunion gehört« , dabei musste er schon grinsen, »'Ne Schraubenfabrik in Leningrad, bekam von oben vorgeschrieben 'ne hohe Anzahl von Schrauben zu produzieren. Sie hatten aber viel zu wenig Stahl, um diese Anforderung zu bewältigten. Also haben sie einfach winzig kleine Schrauben produziert, die keiner gebrauchen konnte. So reichte der Stahl aus und das Soll konnte erfüllt werden.«

»Oh Mann«, Peter begann Tränen zu lachen, »die Arbeitsweise gefällt mir.«

Peter sprach auf Alkohol gut an. Es brauchte nur noch jemand einen Witz zu reißen und er bekam seine berühmt-berüchtigten Lachanfälle. Hans war bekannt für seine Geschichten, die oft mehr Fiktion als Fakt waren und die er nur allzu gerne erzählte. Er war nahezu zwei Meter groß, besaß tiefschwarzes Haar und schwarze Augen, auf die Frauen nur allzu leicht hereinfielen. Hauptberuflich war er Handwerker und in seiner Freizeit schraubte er am liebsten an seinem Wartburg herum.

Nachdem alle sich wieder von dem Gelächter beruhigt hatten, beschwerte Martha sich, dass sie heute Morgen keinen Apfelnektar im Konsum bekam.

»Dafür gab es aber wieder Mokkafix, nach einer längeren Lieferpause«, berichtete Waldemar und gab seinen Beutezug zum Besten: »Ich habe gleich fünf Packungen gekauft. Das dürfte erst mal eine Weile reichen.«

»Letzte Woche war der Clou. Da gab es Apfelsinen«, erzählte Hans und bekam vom reinen Erzählen schon Appetit auf das exklusive Obst, »Das hatt' sich in Windeseile bis in meinen Betrieb rumgesprochen. Sofort bei Beginn der Mittagspause ließen wir alles stehen und liegen. Wir rasten wie die Verrückten zum Konsum und reihten uns in die zig Meter lange Warteschlange ein. Ich musste 'ne Viertelstunde warten und durfte nur drei Stück kaufen. Mehr war nicht drin, aufgrund der großen Nachfrage. Einer meiner Kollegen, der nur fünf Leute hinter mir gestanden hatt', bekam schon keine mehr ab.«

Aufgrund von Lieferschwierigkeiten blieben die Regale oft leer. Gab es mal etwas Besonderes, so bildeten sich oft große Schlangen zum Konsum. Wenn ein Passant solch eine Schlange sah, reihte er sich oft ein, ohne zu wissen was es eigentlich gab. Der Gedanke, dass es etwas Seltenes gab reichte. Schnell sprach sich die Neuigkeit herum. Manche pausierten sogar ihre Arbeit, nur um etwas von der Ware abzubekommen. Man kaufte so viel man tragen oder bezahlen konnte und legte einen gewissen Vorrat an. Ganz knappe Waren wurden sogar rationiert, damit möglichst viele Kunden die Möglichkeit hatten sie zu erwerben.

Am nächsten Abend holte Peter Agnes ab. Es war fünf vor sieben. Obwohl er sich diesmal extra bemüht hatte pünktlich zu sein, war er fünf Minuten zu spät. Agnes hatte seine Verspätung fest einkalkuliert und mit ihm erst um sieben gerechnet. Sie war noch nicht ganz fertig und als er klingelte, brach bei ihr die Panik aus. Schnell legte sie ihre Ohrringe an und rannte aus

Ihrer Wohnung, die Schuhe noch nicht richtig angezogen.

Die Abschlussklasse der Hochschule für Schauspielkunst »Ernst Busch« spielte eine für das Theater bearbeitete Version des Romans »Der Untertan« von Heinrich Mann. Der ältere der Mann-Brüder war in der DDR beliebt. Man sah in ihm einen Kämpfer gegen die Unterdrückung der Arbeiter durch das Großkapital. In seinem »Untertan« kritisierte er die Unterwürfigkeit gegenüber der Macht und die Unterdrückung der Untergebenen. Dass diese Kritik auch auf das DDR-Regime übertragbar war, schien vielen nicht bewusst zu sein. Heinrich Mann war einer der deutschen Lieblingsautoren von Agnes und Peter. Beide waren gespannt, ob diese Inszenierung gelungen war. Der Hauptgrund dürfte aber darin gelegen haben, dass der Bruder von Agnes, Egon, mitspielte. Er mimte den Diederich.

Das Stück begann mit den Jugendjahren des Diederich Heßlings. Agnes musste lachen, als sie ihren Bruder sah, den man als kleinen Jungen verkleidet hatte.

»Pst, es schauen schon alle«, flüsterte Peter ihr ins Ohr.

»Tut mir leid, aber er sieht so witzig aus«, flüsterte Agnes zurück und versuchte ihr Kichern zu unterdrücken.

Mit seinem Kaiser-Wilhelm-Bart, den er im späteren Teil des Theaterstückes trug, sah er nicht weniger lustig aus. Agnes hatte sich mittlerweile im Griff und war beeindruckt von der guten Umsetzung des Romans. Alle Schauspieler hatten ihr bestes gegeben und das hatte man sehen können. Nach der Vorstellung zerrte Agnes Peter mit hinter die Bühne. Ihr Bruder schminkte sich gerade ab.

Mit »Och, den schicken Bart hättest du ruhig anlassen können«, begrüßte sie ihren Bruder.

»Dir steht er bestimmt noch viel besser«, hielt er ihr entgegen und grüßte zurück. »Wie hat euch die Vorstellung gefallen?«, fragte Egon.

»Hervorragend. Eine ideale Umsetzung. Ich hätte selber nicht geglaubt, dass euch das so gut gelingt. Ihr werdet eurem guten Ruf gerecht«, äußerte Peter total begeistert.

»Danke, danke. Wie ist deine Meinung Schwesterherz?«

»Ich fand die Vorstellung ganz gut, bis auf ...«

»Bis auf was?«, wollte Egon wissen.

»Bis auf diesen merkwürdigen Schauspieler, der den Diederich spielte.« Sie liebte es mit ihren Bruder zu frotzeln.

»Nein. Ich fand die Aufführung hervorragend und ich bin stolz auf dich. Du wirst noch mal ein großer Schauspieler. Ich weiß noch, wie du Vater damals erzählt hattest, du wolltest Schauspieler werden. Er war total ausgerastet.«

»So eine brotlose Kunst. Sohnemann, mach' lieber was Anständiges«, imitierte Egon seinen Vater mit verstellter Stimme.

»Ich bin der festen Überzeugung, dass dies der richtige Beruf für dich ist. Es ist vielleicht sogar eine der anständigsten Tätigkeiten, die man heute noch ausführen kann. Du hast sogar die Möglichkeit das System im gewissen Rahmen zu kritisieren«, fügte Agnes hinzu.

Egon bedankte sich für die Lobhudelei und nahm seine Schwester in den Arm.

Egon drehte sich zu Peter, »Du hast endlich mal meine Schwester ins Theater geschleppt.«

»Ja ..., wir mögen beide Heinrich Mann und du hast mitgespielt.«

Peter wurde etwas rot. Egon, der als Schauspieler Verhalten genau analysieren konnte, bemerkte die peinliche Berührung Peters und sagte bestimmend: »Kommt, jetzt wir gehen kurz was trinken. Ich lade euch ein.«

Peter wollte noch etwas sagen aber mit, »Keine Widerrede!«, machte Egon jeden Widerstand zwecklos und schleppte beide mit.

Sie suchten eine kleine gemütliche Kneipe auf. Egon erzählte von der guten Chance eine feste Stelle am Theater zu bekommen. Die Arbeit für das Fernsehen kam für ihn nicht in

Frage, denn das war für ihn alles nur Propaganda. Dafür wollte er sich nicht zur Verfügung stellen.

»Natürlich besteht auch beim Theater die Möglichkeit für die politische Ideologie missbraucht zu werden«, gestand Egon ein. »Aber ich denke, man kann es auf der Bühne besser beeinflussen.«

Nachdem Egon sein Bier ausgetrunken hatte, machte er sich überraschend auf den Weg.

»Jetzt ist Premierenfeier und da darf ich nicht fehlen. Ich lasse euch zwei Hübschen nun alleine«, bezahlte, bestellte gleich zwei weitere Pils für die beiden und eilte davon. Ehe Peter und Agnes sich versahen, waren sie allein. Egon war der Auffassung, dass beide gut zusammenpassen und seine Einladung war nur ein Vorwand, um etwas nachzuhelfen.

»So ist mein Bruder. Kaum dreht man sich um, schon ist er wieder weg.«

»Etwas unter Strom.«

»Etwas? Ziemlich! Schon als kleiner Junge brachte er uns alle mit seiner Dynamik an den Rand des Wahnsinns. Die Energie kann er allerdings gut brauchen. Schauspielerei ist ein anstrengender Beruf.«

»Aber schön«, fügte Peter hinzu.

»Ja.«

Eine zeitlang wusste keiner von beiden, was er sagen sollte.

Peter unterbrach das Schweigen mit der Frage: »Wie läuft's mit dem Medizinstudium?«

»Die Ergebnisse der Klausuren habe ich vor ein paar Tagen erfahren. Zweien und Einsen. Es läuft also ganz gut. Die Facharbeit macht mir nur viel Mühe. Ich schreibe und schreibe und komm einfach nicht voran. Und bei dir?«

»Momentan gibt es auf der Arbeit nicht viel zu tun. Unser Gewächshaus quillt beinahe über. Hast du vielleicht Interesse an ein paar Gummibäumen?«

»Ja, warum nicht. Ein paar Pflanzen könnte ich noch in

meiner Wohnung gebrauchen.«

Langsam kam das Gespräch in Gang und die Zeit verstrich.

Gegen Mitternacht brachte Peter Agnes nach Hause. Sie verabschiedeten sich. Doch als Agnes sich gerade zur Haustür drehen wollte, ergriff Peter ihren Arm, zog sie langsam zu sich und küsste sie. Dies war ihr erster gemeinsamer Kuss. Agnes war etwas überrascht, da er sonst keinen Mut zur Initiative zeigte. Einige Minuten verstrichen, bis sie voneinander ließen.

8

»Ich hasse es, Blumentöpfe zu putzen«, meckerte Holger. »Ein Stunde sitze ich hier schon an der Maschine. Die rotierenden Bürsten und das Wasser schmirgeln mir noch die Haut kaputt.«

»Warum benutzt du auch keine Gummihandschuhe?«, bemerkte Peter, der an Holger vorbeiging.

Holger nahm einen Tontopf und stülpte ihn über eine der rotierenden Bürsten und antwortete ruppig auf den Kommentar von Peter: »Weil keine da sind. Mangelware in diesem Betrieb.«

Peter registrierte Holgers schlechte Stimmung und versuchte versöhnlich zu wirken: »Also bei mir im Spind ist ein Paar.«

»Kein Wunder, dass ich keine finde. Du bunkerst die Dinger.«

»Ich glaube, du solltest mal eine Pause machen.«

»Das glaube ich auch«, sagte Holger und schaltete die Reinigungsmaschine aus. Holger setze sich mit lautem Ächzen auf einen großen umgekehrten Blumentopf. »Mich kotzt hier alles an.«

Verwundert fragte Peter: »Macht dir die Arbeit im Betrieb keinen Spaß mehr?«

»Nicht der Betrieb nervt mich, sondern die scheiß DDR. Der Großteil meiner Familie wohnt im Westen. Denen geht es blendend. Die meisten fahren dicke Autos und haben Häuser mit großen Gärten. Und ich? Ich wohne in einem Plattenbau und fahre einen babyblauen Trabi. Auf dieses hässliche Ding musste ich über zehn Jahre warten. Glücklicherweise hatten meine Eltern für mich schon einen Trabant beantragt, als ich noch ein Kind war. Mein Cousin Alexander, aus dem Westen, fliegt ständig in der Welt herum. Er hat noch nie zweimal Urlaub im gleichen Land gemacht. Ich kann nicht überall hinreisen, wie er. Dieses Jahr flog er nach Mallorca. Das ist eine spanische Insel im Mittelmeer. Das Lieblingsurlaubziel der

Wessis. Im letztem Brief schwärmte er wieder von seinem tollen Urlaub. Viel Sonne, heiße Temperaturen, schöne Sandstrände und ein traumhaftes Meer soll es dort geben.«

Peter nickte verständnisvoll und setzte sich auf den Boden gegenüber von Holger. Er bot Holger eines seiner belegten Brote an. Holger, der immer hungrig war, nahm dankend an und biss einen großen Happen ab. Mampfend erzählte Holger weiter: »Alexander ist Lehrer an einem Gymnasium und unterrichtet Englisch und Biologie. Dabei verdient er ordentlich und hat jede Menge Zeit für Urlaub. Ich wollte auch Lehrer werden. Mir haben die Bonzen die Erlaubnis für das Studium verweigert. Gerne hätte ich auch Englisch und Biologie unterrichtet, vielleicht auch Sport. Ja, Lehrer war immer mein Traumberuf gewesen. Und was mache ich jetzt? Töpfe putzen.«

Überrascht zu hören, dass Holger Lehrer werden wollte, verschlug es Peter für einen Moment die Sprache. Die beiden kannten sich schon lange und waren gut befreundet. Aber diese neue Seite war Peter völlig fremd. Er wurde sichtbar nachdenklich.

»Einmal die Woche treffe ich mich mit ein paar Freunden zum Englischlernen. Es ist ganz nett in der Runde und macht mir großen Spaß. Die Treffen sind auch der ideale Ort um etwas Luft über unsere Politiker abzulassen. Die anderen sind auch so Revoluzzer wie du. Also wenn du dich im Englischen üben willst, kannst Du gerne vorbeikommen.«

Davon war nun Holger überrascht und fragte: »Du kannst Englisch? Das wusste ich gar nicht.«

Peter winkte ab: »Ach, so schwer ist das gar nicht. Ich habe es mir selbst beigebracht.«

Holger war noch mehr überrascht als vorher: »Respekt! Du hast dir Englisch selbst beigebracht. Noch dazu triffst du dich mit einem verschwörerischen Grüppchen. Das hätte ich dir niemals zugetraut.«

Holger kratzte sich am Kopf und machte ein nachdenkliches

Gesicht.

»Klingt gut. Ich bin dabei. Wann trefft ihr euch?«

»Jeden Dienstag um acht. Nächste Woche treffen wir uns bei mir in der Wohnung.«

»Ich werde pünktlich sein«, sagte das neue Mitglied motiviert.

»Erzähl es aber nicht groß rum. Es ist zwar alles ganz harmlos, aber man weiß ja nie was in solch ein Treffen reininterpretiert wird«, bat Peter.

»Ich schweige, wie ein Grab. Indianerehrenwort.«

Daraufhin vollzog Holger eine Reißverschlussbewegung an seinem Mund und ging zurück zur Putzmaschine.

Mit deutlich besserer Laune als vorhin sagte er: »Ich widme mich nun wieder meiner Lieblingsbeschäftigung.«

Das Brummen der sich drehenden Bürsten erfüllte den Raum. Peter war froh, Holger mit an Bord seiner Lerngruppe zu haben. Als Peter gerade den Gang verlassen wollte, hörte er von hinten: »Vergiss die Gummihandschuhe nicht!«

Am Wochenende hatte sich Peter wieder mit Agnes verabredet. Sie wollten gemeinsam durch die Stadt bummeln. Peter holte sie von zu Hause ab und zusammen fuhren sie mit der U-Bahn zum Alexanderplatz. Trotz des strahlend blauen Himmels wirkte der Platz so trostlos wie eh und je. In westlicher Richtung bäumte sich der Fernsehturm auf. Der Stolz der Deutschen Demokratischen Republik. Er überragte jedes Gebäude in ganz Berlin. Kein Westgebäude konnte mit diesem 368 Meter hohen Monument sozialistischer Baukunst mithalten.

»Schau, die Sonne bricht sich auf der Kuppel in Form eines Kreuzes. Als die Parteibosse dies nach dem Bau bemerkt hatten, waren sie nicht erfreut. Das erinnerte sie zu sehr an die Kirche«, wies ihn Agnes auf die verzerrte Reflexion hin.

Mit der Religion verstand sich die sozialistische Obrigkeit

nicht besonders. In Ostdeutschland versuchte man die christliche Kirche zu schwächen, in China bekämpfte man die Buddhisten. Von anderen Religionen hatten einige Bürger in der DDR noch nie gehört. Trotzdem starb die Religion nicht aus, obwohl in den Schulen und den Medien der Atheismus gepredigt wurde. Das Volk brauchte das Opium und ging weiter zur Kirche. Die Religion gab ihnen einen Sinn in ihrem Leben. Etwas woran sie sich klammern konnten in der trostlosen Welt des real existierenden Sozialismus.

Peter liebte den Gang auf den Fernsehturm. So nahe an den Wolken konnte er nirgendwo sonst sein. Wie Zeus und Hera sahen die beiden von diesem neuzeitlichen Olymp hinab. Von dort glichen die Häuser und Menschen Miniaturspielzeugen. Peter verspürte einen Hauch von Freiheit.

Das Wetter war klar und man konnte meilenweit sehen. Westberlin wirkte zum Greifen nah. Die Enklave der Freiheit. Eingekesselt und doch frei.

»Dort ist das Brandenburger Tor.«

Peter zeigte mit dem Finger darauf.

»Tor kann man heute eigentlich nicht mehr sagen. Direkt dahinter verläuft ja die Mauer.«

»Du hast Recht, eigentlich müsste man es Brandenburger Barriere nennen.«

Agnes verzerrte ihr Gesicht, denn besonders geistreich fand sie Peters Bemerkung nicht.

»Siehst du das Gebäude dort etwas weiter rechts? Das ist das Reichstagsgebäude, vor den Nazis der Sitz des deutschen Parlaments. Heute ein bedeutungsloser nahezu unbenutzter Bau. Die Wessis haben ihren sogenannten Bundestag in Bonn.«

»Ja und unser Parlament sitzt in diesem hässlichen Klotz. Ich finde diese braunen Fenster grässlich«, kritisierte Agnes.

»Das findet man heute nun mal modern.«

Die beiden gingen etwas weiter.

»Dort ist irgendwo der Checkpoint Charlie. Die Tür zur

Freiheit«, flüsterte Peter Agnes ins Ohr, aus Angst jemand könnte es hören.

Den Moment nutzte er, um ihr einen dicken Kuss auf ihr Ohr zu geben, der laut in ihrem Ohr quietschte. Mit einem Lachen knuffte Agnes ihn sanft mit dem Ellenbogen.

»Schade, ich hatte gehofft, die westdeutsche Botschaft zu erkennen. Von oben sieht alles anders aus«, sagte Peter.

»Die Wessis nennen sie ›Ständige Vertretung‹!«

»Ja, ich weiß.«

»Dann sag es auch richtig! Mit gutem Grund nennt man sie so. Westdeutschland betrachtet uns noch nicht als Ausland ... Die Hoffnung auf Wiedervereinigung darf nicht aufgegeben werden ... Hätte dieses Konsulat den Status einer Botschaft würden die Wessis eingestehen, dass wir ein anderes Land wären!«

Peter gab ihr Recht und fügte hinzu: »Leider sieht man das hier anders.«

Bei der Betrachtung der Karl-Marx-Allee regte Agnes sich wieder auf.

»Schau! Dort vorne, auf der Karl-Marx-Allee, sind die protzigen stalinistischen Bauten. Diese Häuser sind reiner Luxus. Sogar Müllschlucker sollen sie haben.«

»Da würde ich auch gerne wohnen«, unterbrach Peter.

»Nur Bonzen wohnen dort. Der Pöbel wohnt in den Plattenbauten, die weiter unten stehen. In der Planung wollte man eigentlich die ganze Allee mit den prunkvollen Zuckerbäckerbauten bebauen. Das Geld reichte aber nicht. Deshalb baute man später dann die Standardplattenbauten. Den Namen der Allee haben sie nach dem Tod Stalins auch verändert. Vorher hieß sie nämlich Stalinallee.«

Über ihre Belehrung machte Peter sich etwas lustig. »Ach, bin ich froh, dass ich eine Studentin als Freundin habe.«

Sie drehten noch ein paar Runden, bis es den beiden zu langweilig wurde und sie im Küssen eine bessere Beschäftigung

gefunden hatten, die lange andauerte. Der Hoch-
geschwindigkeitsaufzug brachte die beiden wieder auf den
Boden.

Am Abend wurde im »Stern«, einem prenzlberger Club, ein
Livekonzert gegeben. Agnes war ein großer Fan der auftretenden
berliner Band »Miau« und schleppte Peter mit in den Szenetreff.
Der viel zu kleine Saal platzte aus allen Nähten. Wie bei jedem
Konzert kamen mehr junge Berliner, als es die Räumlichkeiten
unter normalen Umständen erlaubten. Obwohl Tische und
Stühle entfernt worden waren, stand man dicht an dicht. Nichts
für Leute mit Platzangst. Im »Stern« traten fast täglich Künstler
auf. Von einer Jazz-Jamsession, über eine Literaturlesung bis
zum fetzigen Rockkonzert wurde den Besuchern alles geboten.
»Miau« ließ sich Letzterem zuordnen. Die Band bestand aus
einem Drummer, einem Bassisten, einem Gitarristen und einer
über die Bühne fegenden Sängerin.

Der Drummer war tätowiert, so etwas sah man in der DDR
nicht häufig. Blitzschnell ließ er die Sticks auf das Schlagzeug
prasseln. Die Füße waren nicht minder beschäftigt und
erzeugten punkähnliche Rhythmen, sodass bald kein
Anwesender mehr still stehen konnte. Der Gitarrist und der
Bassist waren offensichtlich Brüder. Sie sahen sich absolut
ähnlich. Sie trugen beide Militärhosen und dazu ein
Anzugoberteil mit Krawatte. Ihre Musikinstrumente waren bunt
bemalt. Die Originalfarbe Schwarz war kaum noch zu erkennen.
In Originalität wurden sie aber noch von der Sängerin
übertroffen. Sie trug ein rotblaues Kleid, welches mit bunten
Flicken übersäht war. Auf dem größten Flicken, direkt über dem
Herzen, war der Berliner Bär zu sehen. Ihre Haare waren
weinrot und die Augenlider grün geschminkt. Ihr Gesicht wirkte
wie das einer Raubkatze und ihre Beute waren die Männer.
Tonsicher sang sie laut ihre wortstarken Texte in den kleinen
Saal. Die Texte handelten von Liebe und den Problemen der

jungen Generation, aber auch von Politik. Sie traten für eine bessere Welt ein. Eine Welt in der niemand über andere herrscht, keiner im Kampf gegen seine Mitmenschen stirbt und jeder seine Meinung frei äußern darf.

Die Band war ein interessanter Anblick für Peter, der sich bisher eher an Klassik und Jazz gehalten hatte. Doch diese freche aufsässige Musik begeisterte ihn schnell. Der Mut dieser Band, regierungskritische Texte zu singen, imponierte ihm. Ein Lied sprach ihn besonders an. Nicht nur wegen des provokanten Textes, der die nicht vorhandene Pressefreiheit kritisierte, sondern wegen der Melodie und dem Rhythmus. Wie die anderen fing er wild an zu tanzen.

Nach dem Konzert war anschließend Disko. Es gab also keinen Grund, mit dem Tanzen aufzuhören. Allerdings gingen manche nach dem Auftritt nach Hause, sodass sich das Gedränge etwas legte. Voll war es nach wie vor. Der Ausschank war dicht umzingelt und es war nicht leicht für Peter Getränke zu bekommen. Er musste sich erst durch den Belagerungsring durchkämpfen, um dann mit viel Gebrüll und Gezappel den Wirt auf sich aufmerksam zu machen. An Bier und Clubcola mangelte es nicht. Literweise passierten Getränke die Theke. Agnes trank die Ostcola und Peter ein Pils. Nachdem sie einige Zeit in einer dunklen Ecke verbracht hatten, wagten sie sich erneut auf die Tanzfläche und tanzten in den anderen Tag hinein.

Das Schlafzimmerfenster war weit geöffnet. Die Nacht war sternenklar und der Straßenlärm verstummt. In der Ferne rief einsam ein Käuzchen. Der Mond warf einen blauen Lichtkegel auf das Bett. Erschöpft von Tanz und Alkoholkonsum, schlief Peter tief und fest. Mit der dünnen Bettdecke hatte er sich so umhüllt, dass nur noch die Nase und die Zehenspitzen herauslugten.

Knallgeräusche rissen ihn urplötzlich aus dem Schlaf. Es

waren Gewehrschüsse aus der Richtung des Grenzstreifens. Immer wieder ertönte der todbringende Lärm. Sekunden später stand Peter schon am Fenster, um Genaueres zu vernehmen. Die Müdigkeit war vergessen. Ihm war sofort klar, jemand versuchte über die Mauer zu flüchten. Die Häufigkeit der Schüsse ließ auf eine ganze Gruppe von Lebensmüden schließen, die niedergestreckt wurde. Der Gedanke, dass Menschen im Herzen Berlins getötet werden, verängstigte ihn.

Aus der Ferne rief erneut das Käuzchen.

9

Holger passte gut in die Lerngruppe. Er steckte voller Enthusiasmus und war überaus glücklich dieser Gemeinschaft anzugehören. Er erweitere seine Englischkenntnisse recht schnell und zeigte eine besondere Vorliebe für politische Themen, die durch seinen Einfluss eine immer größere Gewichtung bei den Treffs bekamen. Nachdem Peter wieder einmal mit ihnen Grammatikübungen gemacht hatte, berichtete Holger von seiner Arbeit und von seinem Cousin Alexander, der so gerne reiste.

»Die Eltern von meinem Cousin wohnen in Westberlin. Nur ein paar Kilometer von meiner Wohnung entfernt. Trotzdem habe ich sie das letzte Mal gesehen, als ich ein Kleinkind war.«

»So nah und doch so fern«, seufzte Waldemar.

»Ich finde es grotesk, dass Familien durch die Mauer getrennt werden. Unmut ist in breiten Teilen der Bevölkerung wahrnehmbar. Unser Land ist ein gigantisches Gefängnis und viele erkennen dies langsam. Ich vertrete die feste Meinung, dass die DDR bald fallen wird. Vielleicht dieses Jahr, vielleicht auch erst in fünf Jahren. Das Ende ist jedenfalls nicht mehr fern«, behauptete Holger.

»Ich bin mir auch sicher, dass Deutschland vereint wird. Aber dies wird nicht bald geschehen. Wahrscheinlich werden wir es leider nicht mehr miterleben«, meinte Peter.

»Das sehe ich nicht so, Peter«, entgegnete Agnes. »So lange kann es nicht mehr dauern. Der Wirtschaft geht es zunehmend schlechter. Die Misswirtschaft hat uns total ruiniert. In Westdeutschland scheint alles zu florieren. Jeder weiß das. Da kann man noch so viel Propaganda machen.«

»Die schlechte Stimmung in der Bevölkerung ist schon ziemlich groß und wächst stetig«, kommentierte Martha.

Holger fügte hinzu: »Die meisten haben Westver-wandtschaft. Sie alle sehen, wie gut es denen dort geht. Fast jeder kennt die Geschenkpakete aus dem Westen.«

»Ick hab' zum Bespiel en paar schnieke Klamottn letztn Monat jeschenkt bekomm'. Die hat meene Tante im ...«

»Ja, ich weiß«, schnitt Agnes Wolfgang ab. »Im Kaufhaus des Westens hat dir deine Tante Kleidung gekauft. Ein gelbes T-Shirt, einen grauen Pullover, eine Baumwollhose, ein paar braune Lederschuhe und eine Hand voll Socken. Das erzählst du schon seit Wochen.«

»Der Pulli is' schwarz!«, schmollte Wolfgang.

»Vom KaDeWe hab' ich die tollsten Geschichten gehört«, schwärmte Hans. »Dort soll es alles geben, was man überhaupt auf der Welt kaufen kann. 'Ne Etage nur für Lebensmittel! Bananen sind da das Ordinärste. Ananas und Kiwis soll es dort geben und exotische Früchte, von denen wir noch nie etwas gehört haben.«

Auch Waldemar zeigte seine Begeisterung für westliche Technik: »Außerdem gibt es dort auch Farbfernseher, die man aus der Ferne bedienen kann.«

»Jedenfalls weiß jeder hier im Osten, dass es uns schlecht geht«, äußerte Peter und versuchte wieder auf den Kern des Themas zu kommen.

»Was nutzt es nur, wenn wir uns das immer wieder vor Augen halten? Wie ich schon öfters gesagt habe, es muss gehandelt werden. Die Menschen müssen informiert werden. Sie müssen erkennen, dass die guten Nachrichten nur hohle Propaganda sind. Man muss die Ungerechtigkeit in diesem Land den Leuten immer wieder unter die Nase reiben. Nur wenn man die Leute dazu bekommt auf die Straße zu gehen und für Freiheit einzutreten, nur dann kann man etwas bewegen.« Wie eine staatsmännische Rede wirkte Holgers Bemerkung, bei der er betonend mit dem Zeigefinger auf den Tisch klopfte.

»Das mag zwar richtig sein. Aber wer soll das machen? Du?«, fragte Hans ironisch.

»Ja, warum eigentlich nicht. Wenn wir nur rumsitzen, etwas

Englisch lernen und bloß über die DDR rummeckern erreichen wir nie etwas. Glaubt Ihr, jemals Englisch anwenden zu können? Meint Ihr jemals nach Großbrittanien zu dürfen?«, fragte Holger in die Runde und sprang derart heftig auf, dass sein Stuhl umfiel. »Es muss demonstriert werden. Wir müssen handeln und das Volk informieren und zum Widerstand aufrufen!«

Als Antwort bekam er Schweigen und alle sahen ihn mit großen Augen an. Jeder war verwundert, dass Holger derart revolutionäre Äußerungen von sich gegeben hatte. Peter war sich nicht sicher, ob Holger nun größenwahnsinnig war oder ob er Recht hatte. Er erkannte, dass Holger nicht nur der Gruppe beigetreten war, um Englisch zu lernen. Holger war tief im Herzen Revolutionär und wollte dieses Grüppchen am liebsten in eine kleine Widerstandszelle umbauen. Allerdings fiel Holger nun auf, dass die anderen nicht ganz seiner Meinung waren. Er hob den Stuhl auf und setzte sich.

Schweigen erfüllte den Raum. Eigentlich war jeder in dem Raum der gleichen Ansicht, man traute sich nur nicht diese Worte umzusetzen. Die Angst vor der Verfolgung war zu groß.

»Wir werden uns das alles noch mal durch den Kopf gehen lassen«, unterbrach Peter das Schweigen und versuchte, zu privaten Themen überzulenken. Eine wirkliche Diskussion kam aber nicht mehr zu Stande.

Während der Fahrt mit der U-Bahn gingen Peter die Worte von Holger nicht mehr aus dem Kopf. So in Rage hatte er seinen Freund noch nie erlebt. In einem anderen Land wäre aus Holger vielleicht ein großer Politiker geworden. Peter wusste genau, wie Recht Holger hatte.

Es war schon dunkel, als er seine Wohnung betrat. Die Tür schloss er hinter sich wieder zu. Das Geräusch des Schlosses hallte durch das ganze Haus. Sein erster Gang war der zum Kühlschrank. Er nahm sich ein Bier, setzte sich auf den

Küchenstuhl und schaltete das Radio ein. Es wurde ein Lied gespielt, in dem Moskau als schöne Stadt gelobt wurde. Gleich danach kamen die Nachrichten. Es wurde über die zunehmenden Drogentoten in der BRD berichtet und darauf hingewiesen, dass es in der DDR keinen Drogenkonsum gäbe. Genervt von der Propaganda stellte Peter das Radio wieder aus. Still vor sich hindenkend trank er die Flasche aus. Mit einem Wurf schmiss er sie gegen die Wand.

Nachdem er die Scherben beseitigt hatte, suchte er ein Pflaster. Bei dem Zusammenkehren des Glases hatte er sich die rechte Handfläche aufgeschnitten. Als er eines gefunden hatte, klebte er es auf die Wunde und sah aus dem Fenster. Es war so dunkel, dass man nur noch wenig erkennen konnte. Peter starrte aber sowieso in das Nichts.

Eine viertel Stunde dachte er auf diese Weise nach. Auf einmal fiel sein Blick auf einen hölzernen Vogel, der von seiner Decke herabbaumelte. Es war die Möwe, die er als kleiner Junge von Svenja geschenkt bekommen hatte. Das Holzspielzeug bedeutete ihm viel. Er zog an der Schnur und sie fing an zu flattern. Peter wünschte sich auch ein Vogel zu sein.

10

In den nächsten Arbeitstagen wechselten Holger und Peter nicht viele Worte. Es blieb beim Smalltalk. Peter versuchte, wenn möglich, Holger aus dem Weg zu gehen. Bei jeder Begegnung bekam er ein schlechtes Gewissen, so als ob er ihn verraten hätte.

Diesmal war es Peters Aufgabe die Blumentöpfe zu putzen. Er zog sich seine knallgelben Gummihandschuhe an und reinigte einen Topf nach dem anderen. Selbst mit den Gummihandschuhen war dies eine unangenehme Arbeit. Von oben gelangte immer etwas Wasser in die Handschuhe hinein und ließ die Haut runzelig werden. Die Reibung der Bürsten trug ihren Beitrag zur Blasenbildung bei. Peter konnte Holgers Abneigung gegen diese Tätigkeit nur allzu gut verstehen. Niemand aus dem Betrieb mochte gerne Töpfe putzen. Die rotierenden Bürsten und die monotone Arbeit, die einer Fließbandtätigkeit ähnelte, wirkten fast hypnotisierend und versetzten ihn in den Zustand eines hirnlosen Roboters. Als Peter eine besonders hartnäckige Dreckkruste von einem Topf entfernen wollte, zerbrach dieser. Genervt schmiss Peter die Tonscherben in die Mülltonne. Hunderte von Töpfen warteten noch auf ihr Bad. Peter sehnte sich nach dem Wochenende.

Am Samstag besichtigten Peter und Agnes die Museums-insel. Mit ihren namhaften Museen war sie ein weiteres Vorzeigejuwel der sozialistischen Regierung. Stolz wurden die Kulturschätze präsentiert; wobei diese bereits vor der Machtergreifung der Sozialisten angelegt wurden. Zuerst sah sich das junge Paar das Pergamonmuseum an. Eine zeitgeschichtliche Sammlung von Weltklasse. Beeindruckt waren die beiden von den Monumenten, die es beherbergte. Im Herzen des Museums war der restaurierte Pergamonaltar, der dem Museum seinen Namen gab. Wie die anderen ausgestellten

Bauwerke war er vom Fundort abgetragen und im Museum wieder aufgebaut worden. Ein Gebäude im Gebäude, wie die Matrjoschka-Püppchen. Vor Jahrtausenden wanderten Scharen zu diesem griechischen Heiligtum, um für ein gutes Schicksal zu opfern. Das Schicksal des Tempels bestand nun darin, Horden von Touristen zu ertragen.

Eine Halle weiter war ein Meisterwerk alter Baukunst zu sehen. Ein römisches Markttor.

Peter bewunderte die Schönheit dieses alten Bauwerks: »Wie schön doch die alten Meister bauen konnten. Man sieht diesem Bauwerk an, dass der Architekt Spaß bei der Erschaffung gehabt haben muss. Er erschuf eine imposante Kreation, die ein Beweis seines großen Talentes war. Es ist wirklich überwältigend. Heute bauen die Architekten nur noch charakterlose Hüllen. Reine Zweckbauten, welche soviel Bevölkerung wie nur möglich aufsaugen sollen. Wie Pilze schießen die Plattenbauten heutzutage aus dem Boden. Alle sehen sie gleich aus. Ich glaube fast, es gab nur einen Architekten, der einen Plattenbau konstruiert hat und den man dann immer wieder kopiert hat. Um die DDR zu erschaffen, scheinst du bloß einen einzigen Architekten zu benötigen.«

»Die Römer waren reich. Die DDR besitzt nicht die Geldmengen, die dem römischen Reich zur Verfügung standen. Rom hatte viele Kolonien von denen es Steuergelder und sonstige Schätze bekam. Noch dazu verschaffte die Sklaverei billige Arbeitsplätze«, gab Agnes ihrem Peter zu bedenken.

»Sehr viel Lohn bekomme ich auch nicht ...«, scherzte Peter, worauf er sofort von Agnes gekniffen wurde.

»Ich schweige ja schon, meine Gebieterin.«

Eine weitere Attraktion bot das Pergamonmuseum: Das Ischtar-Tor aus Babylon. Die Museumsbesucher wirkten winzig, im Vergleich zu diesem Nachbau. Die violetten Kacheln und die reichen Verzierungen zeugten von der Macht, die einst die Hauptstadt Persiens ausstrahlte.

»Das ist überwältigend. Ob Hammurabi auch solche Kacheln in seinem Badezimmer hatte?«, fragte Agnes Peter scherzhaft.

»Glaube ich nicht. Das dürfte mit Gold und Edelsteinen ausgestattet gewesen sein. Außerdem dürften Badefrauen ihm beim Reinigen behilflich gewesen sein.«

»Uh ...«, Agnes blinzelte schelmisch.

»Er dürfte nur das Beste vom Besten an sich gelassen haben.«

»Dann hat er wahrscheinlich auch keine herkömmliche Seife benutzt.«

»Eher unwahrscheinlich. Ich habe gehört, die großen Königinnen und Könige sollen Milch ihrem Badewasser beigefügt haben. Das soll die Haut geschmeidiger machen. Kleopatra war zum Beispiel bekannt dafür.«

»Das sollte ich auch mal ausprobieren.«

»Das hast du doch gar nicht nötig. Deine Haut ist samtweich.«

Mit diesem Kompliment presste er sie dicht an sich und küsste sie. Dann wandelten sie weiter durch das babylonische Imitat.

»Hammurabi war ein wichtiger Wendepunkt in der Geschichte der Menschheit«, begeisterte er sich selbst und wirkte auf Agnes wie ein Geschichtslehrer. » Er ließ die ersten Gesetzestexte in Keilschrift niederschreiben. Quasi das erste Gesetzbuch.«

»Ja, ich weiß. Auge um Auge, Zahn um Zahn. Etwas barbarisch für meinen Geschmack.«

»Damals herrschten nun mal andere Sitten. Es war zumindest ein großer Fortschritt. Denn vorher herrschte Willkür. Aus Rache hatten sich ganze Familien gegenseitig umgebracht. Dem hatte er durch diese Gesetze einen Riegel vorgeschoben.«

»Die Gerichte von heute finde ich immer noch ziemlich willkürlich.«

Als sie ihren Rundgang durch das Altertum beendet hatten,

gaben sie sich die volle Bildungsdosis und gingen in das benachbarte Kunstmuseum. Werke großer Künstler wurden dort ausgestellt, alte, wie zeitgenössische.

Direkt am Eingang hingen die Kunstwerke von Künstlern aus der DDR. Agnes wollte gleich weitergehen, aber Peter blieb vor einem riesigen Werk eines sächsischen Malers stehen. Den Namen hatte er noch nie gehört. Grob aufgetragene Ölfarben zeigten einen Bauern, der Korn mit einer Sense schnitt. Sein breites Lächeln hätte man im kapitalistischen Westen gut für Zahncremewerbung gebrauchen können. Am Rande des Getreidefeldes sah man eine Gruppe Jungpioniere, die fröhlich ihre roten Fähnchen schwenkten. »Was für ein kitschiges Propagandageschmiere.«

Bei den zeitgenössischen Werken sah man hauptsächlich Gemälde, die das System der DDR verherrlichten. Dies wollten sich die beiden nicht antun. Sie flanierten weiter zu dem Bereich, der alte Werke zeigte. Große Meister, wie Max Beckmann, Anselm Feuerbach, Hans von Marées und Adolph von Menzel hingen dort dicht an dicht. Für jeden Kunstgeschmack wurde etwas geboten. Peter faszinierten besonders die Lichteffekte von Menzels »Eisenwalzwerk«. Dieser Realist hatte mit akribischer Perfektion die Arbeitszustände einer Eisenfabrik festgehalten. Rotglühendes Eisen, gleißendes Feuer und Schatten wechselten sich gekonnt ab. Selbst auf der von der harten Arbeit feucht gewordenen Haut der schuftenden Arbeiter spiegelte sich die Glut. Agnes musste Peter mit Gewalt wegzerren, so sehr war er in das Bild vertieft.

»Das finde ich romantisch«, sagte Agnes und zeigte auf ein Gemälde.

Ein Werk von Caspar David Friedrich. Mit träumerischer Phantasie erschuf Friedrich hier einen der verträumtesten Sonnenuntergänge. Das Bild zeigte einen Strand auf dem ein Pärchen die untergehende Sonne anschaute. Tieforange begann sie im Meer zu versinken. Ein letztes Mal an diesem Tag spiegelte sich der Feuerball auf dem ruhigen Meer. Ein Schiff segelte einsam in den Horizont. Obwohl keine Möwen abgebildet waren, konnte Peter sich das Kreischen von Möwen und das Rauschen der Wellen vorstellen. Gerne würde er mit Agnes an diesem Strand stehen.

»Ich war noch nie am Meer«, seufzte Peter.

»Wie? Du warst noch nie am Meer?« Agnes bedauerte ihren Peter. »Meine Eltern fahren jedes Jahr ans Meer. Als ich ein kleines Kind war, bekam mein Vater von seiner Firma immer einen Urlaubsort zugewiesen. Oft war dies der Spreewald. Später konnte er es sich dann aussuchen. Seitdem fahren wir immer an die Ostsee nach Zingst. Mein Vater würde gar nicht mehr wo anders hinwollen. Mir wird es dort aber langsam zu langweilig. Ich kenne dort schon jedes Sandkorn und oft ist es zu kalt, um zu baden. Ich würde gerne mal an das rote Meer oder nach Moskau.«

»Vielleicht können wir ja zusammen in den Urlaub fahren.«

»Das wäre schön.«

Sie knuddelten sich eine Weile und zogen dadurch die Aufmerksamkeit der anderen Besucher auf sich. Mit einem lauten Husten machte der Museumswärter auf sich aufmerksam, worauf die beiden voneinander abließen.

Peter begleitete Agnes in ihre Wohnung. Sie zog, genau wie er, guten Tee einer Tasse Kaffee vor. Zum Tee gab es Käsekuchen. Nach Erdbeertorte war Käsekuchen das Lieblingsbackwerk von Peter. Schnell schlang Peter zwei Stück runter. Agnes konnte gar nicht so schnell mithalten. Es war eine Art Wettessen. Als die beiden genug davon hatten, bekam Peter Appetit auf eine andere Süßigkeit. Sanft küsste er den Hals von Agnes und war froh, dass sie hier ungestört waren.

Schrill ertönte die Türklingel. Peter wollte Agnes am Aufstehen hindern, doch Agnes ließ sich nicht aufhalten.

»Ach nein. Ausgerechnet jetzt«, grummelte Peter.

Kaum war die Tür geöffnet, platzte Egon hinein.

»Was willst du denn jetzt?«, fragte Agnes überrascht.

»Ich muss dir was Witziges erzählen«, dabei eilte er schnurstracks in die Küche. Der Geruch von Tee und Kuchen zog ihn magisch an. Als er Peter erblickte, war er froh, dass sie endlich zusammengefunden haben.

»Oh, du hast Besuch, Agnes.« Egon bemerkte den Knutschfleck auf Peters Backe und meinte zu Peter etwas ironisch: »Ich komme doch nicht etwa ungelegen?«

Peter sah sich ertappt, antwortete aber: »Nein, nein. Du kommst doch nie ungelegen ... Wir waren nur gerade beim Teetrinken.« Peter wusste nicht, dass ein großer Abdruck von Agnes Lippen seine Äußerung etwas in das Lächerliche zog.

»Na wenn das so ist, nehme ich mir auch was Süßes«, grinste Egon. »Der Käsekuchen sieht ja lecker aus. Da kann ich nicht widerstehen.«

Agnes stellte Geschirr für den Überraschungsgast hin. Egon schob gleich zwei Stück Käsekuchen auf seinen Teller und goss sich Tee ein.

Die Gastgeberin setzte sich zwischen die beiden Männer und fragte ihren Bruder: »Was wolltest du mir denn so dringend erzählen?«

»Was war denn nun so witzig, dass es nicht länger warten konnte?«, wollte nun auch Peter wissen.

»Ich hatte Ärger mit der Polizei.«

Verwundert, was denn an einer Konfrontation mit Staatsbeamten so lustig sein sollte, sagte Agnes besorgt: »Ich weiß nicht, ob das so witzig ist.« »Warte es ab«, meinte Egon. »Ich habe noch nicht meine Geschichte erzählt.«

Gespannt auf die Berichterstattung, die nun folgen sollte, schauten Agnes und Peter aufmerksam dem Erzählenden zu, wie Kinder bei einer Märchenstunde.

»Ich hatte heute Morgen Langeweile und da überkam mich die Lust, etwas Pantomime zu üben. Der Alexanderplatz schien mir der richtige Ort für meine Vorführung zu sein.«

»Du bist ja wahnsinnig, auf dem Alexanderplatz Pantomime machen zu wollen. Da kannst du dich ja gleich als Clown verkleidet vor dem Staatsratsgebäude platzieren«, unterbrach Agnes.

»Gute Idee. Vielleicht mache ich das nächstes Wochenende«, provozierte Egon seine besorgte Schwester. »Also, ich stellte mich mitten auf den Alex. Ich trug meine schwarzen Klamotten und schminkte mich weiß. Der typische Pantomime-Look eben. Dann machte ich die üblichen Sachen: Unsichtbare Wand, enger werdendes Glasgefäß, Leute imitieren und so weiter. Als ich gerade einen Roboter mimte, drängelten sich zwei Polizisten durch die Menschentraube, die sich in der Zeit um mich gebildet hatte. In ein paar Sekunden war die Zuschauermenge verschwunden. Ich sah mich schon im Knast. Zu meinem Unglück bemerkten die Bullen auch noch den mit Geld gefüllten Hut. Guter Rat war da teuer. Ich behauptete, das Geld würde ich für einen guten Zweck sammeln und mit meiner Kunstdarstellung auf die Ausbeutung des Arbeiters im Kapitalismus hinweisen. Darauf imitierte ich einen Roboter der eine Hammerbewegung ausführte.« Bei seiner Erzählung machte er das Gesagte nach und bot eine kleine Hausvorstellung. »Die Polente hat mir das geglaubt und es blieb bei einer Verwarnung. Das Geld haben sie allerdings mitgenommen. Das erste, was ich dann dachte war: Ich fahre sofort zu meiner Schwester, erzähle ihr das und erschnorre mir etwas Kuchen.«

»Du meinst, die Polizisten haben wirklich gedacht, du würdest mit deiner Kunst für den Arbeiterstaat eintreten? Das kann ich mir nicht vorstellen. Ich denke, die wollten sich den Papierkram ersparen und ihren Lohn mit der Knete aufbessern«, nahm Agnes an.

Peter schüttelte den Kopf über soviel Leichtsinn und meinte: »Da hast du wieder mal mehr Glück als Verstand gehabt.«

»Bei meinem Intelligenzquotienten ist das auch nicht

schwer«, veralberte Egon sich selbst.

Den restlichen Nachmittag verbrachten die drei in dieser gemütlichen Runde und Egon sorgte noch für einige weitere Lacher.

Der Nachmittag war anders verlaufen, als Peter geplant hatte. Trotzdem freute sich Peter über jede Begegnung mit Egon. Agnes Bruder verstand es, die Leute für sich einzunehmen. Er hatte großes Charisma, was anscheinend sogar Polizisten besänftigen konnte. Den Mut von Egon bewunderte Peter. Leider hatte Egon keine Lust an den Treffen von Agnes und Peters Grüppchen teilzunehmen, denn regelmäßige Treffen waren ihm ein Graus. Termine konnte er überhaupt nicht koordinieren. Zuweilen kam es vor, dass er Bühnenproben einfach vergaß. Außerdem verbrachte er seine Freizeit viel lieber mit seinen vielen Verehrerinnen. Egon war das absolute Gegenteil von Peter. Aber auch von Agnes. Niemand käme ohne weiteres auf die Idee, dass Egon und Agnes Geschwister wären.

Als Peter wieder zu Hause war und gerade leise Westradio hörte, wurde er durch Lärm im Treppenhaus aufgeschreckt. Sofort schaltete er das Radio aus, begab sich vorsichtig zur Tür und spähte durch den Spion in den Hausflur.

Zwei Männer hatten die Wohnungstür seiner Nachbarin eingetreten und verschafften sich so Zugang zur Wohnung. Ein nicht angekündigter Besuch der Stasi. Die Frau wehrte sich, doch der größere von den beiden schubste sie zurück. Dabei schlug sie mit dem Kopf an eine Regalwand, welche durch die Wucht des Aufpralls zerbrach.

Peter wollte einschreiten, aber die Angst lähmte ihn. Das Einzige, wozu er in der Lage war, bestand darin still alles zu beobachten. Nur Wortfetzen verstand er. Es reichte aber, um mitzubekommen, worum es bei diesem Verhör ging.

Frau Bäcker, so hieß die Nachbarin, sollte angeblich während des Urlaubs in Rumänien Bekanntschaft mit einem

Westdeutschen geschlossen haben. Dies glich einem Staatsverrat. Eine Vaterlandsflucht war, aus Sicht der Sicherheitsbeamten, nicht mehr auszuschließen. Frau Bäcker sollte nun alle Details ihrer Bekanntschaft offen legen und wurde zu einem »Gespräch« vorgeladen. Mit einem »Auf ein baldiges Wiedersehen!«, verabschiedeten sich die Herren von der Staatssicherheit. Als sie die Wohnung verließen, konnte Peter ihre Gesichter genau erkennen. Sie zeigten keinerlei Emotion oder Regung. Es hätten genauso gut geschnitzte Masken sein können.

Fast genauso geschockt wie seine Nachbarin zog sich Peter zurück in die Küche. Er brauchte erst mal ein Bier. Während er aus der Flasche trank, rannten Holgers Worte vom letzten Treffen erneut durch seinen Kopf. Er ballte die Faust und schlug damit fest auf den Tisch. Er war sich nun sicher, dass sie aktiv werden müssen.

11

Peter sah Holger tief in die Augen und verkündete zu Beginn: »Letztes Treffen hatte Holger uns verdeutlicht, wie wichtig es ist zu handeln. Er hatte damit Recht gehabt!«

Holger war überrascht, dies zu hören.

»Wenn wir uns nur in unseren Wohnungen verstecken und Angst haben laut zu denken, dann wird sich so schnell nichts ändern. Wir müssen die Leute informieren und auf die Straße bringen! Staatsfernsehen und Zeitung glaubt man mittlerweile nicht mehr alles. In der Bevölkerung existiert eine negative Stimmung. Sie benötigt nur noch einen Schub. Mit der Stasi und parteilicher Willkür versucht man die Leute durch Furcht zu lähmen. Die Angst vor dem staatlichen Terror muss überwunden werden. Wenn das ganze Volk sich auflehnt, ist die Regierung machtlos!«

»Das sehe ich genauso, Peter. Wir müssen handeln!«, freute sich Holger, dass seine Worte doch noch Früchte trugen.

»Ich schließe mich da meinen Vorrednern an«, sagte Agnes. »Wenn wir Englisch lernen, was wir niemals ohne weiteres benutzen können und in unserer illustren Runde uns immerfort über den Staat aufregen, bringt das doch überhaupt nichts, außer dass wir wieder unseren Frust abgeladen haben. Das ist doch kein Treffen der anonymen Staatsfrustrierten.«

»Ick seh det och so«, berlinerte Wolfgang und trommelte mit den Fingern auf dem Tisch.

Zustimmend nickte Hans. Scheinbar hatten sich in der letzten Woche alle mit diesen Gedanken beschäftigt.

»Ihr wollt also, dass wir uns aktiv für die Freiheit einsetzen ...Ich bin dabei«, äußerte Martha.

Nur Waldemar war skeptisch: »Ähm, ... das mag ja alles schön und gut sein, aber wie soll denn eurer Meinung nach das Handeln aussehen?«

Peter antwortete: »Wir könnten zum Beispiel Flugblätter

verteilen.«

»Jenau.«

»Ich habe eine Idee«, überkam es Agnes. »Diesen Freitag wird ein neues SED-Parteibüro in Pankow eröffnet. Wie wäre es, wenn wir irgendwelche politischen Sprüche auf dessen Wand Donnerstagnacht aufsprühen?«

»Was? Flugblätter verteilen finde ich in Ordnung, aber eine nächtliche Sprühaktion geht ja wohl etwas zu weit«, meinte Martha. »Ich finde, wir sollten mit etwas Leichterem anfangen.«

»Ich wollte zwar, dass wir handeln, aber das dürfte für unsere erste Aktion eine Nummer zu groß sein. Wir haben so etwas ja noch nie gemacht. Andererseits wäre das ein gelungener Auftakt unseres Aktivwerdens«, wägte Peter ab.

»Also ich finde die Idee von Agnes gut«, stimmte Holger Agnes zu. »Ich weiß auch schon, wo wir Spraydosen herbekommen können.«

Waldemar war von der Diskussion gar nicht angetan und aufgeregt platzte es aus ihm heraus: »Ihr seid doch verrückt. Denkt ihr, das ist ein Spiel? ... Selbst die Verteilung von Flugblättern mit regierungskritischen Texten ist riskant. Eine Sprühaktion wäre der blanke Wahnsinn. Man kann nicht einfach so die Pankower Parteizentrale beschmieren und kommt ungeschadet davon. Mit denen ist nicht zu spaßen ... Ich verstehe euch ja und kann euren Handlungsdrang nachvoll- ziehen. Doch wenn wir als kleine Gruppe Wände besprühen und Pamphlete verteilen ist das ein Tropfen auf dem heißen Stein. Das bringt doch gar nichts, außer einer unnötig hohen Gefahr geschnappt zu werden. Ihr seid euch anscheinend nicht der Risiken bewusst!«

»Du musst nicht mitmachen. Jede Beteiligung ist freiwillig«, sagte Holger zu Waldemar und gab seinen Freunden zu bedenken: »Waldemar hat Recht. Es besteht durchaus ein Risiko, dass wir geschnappt werden. Ich, für meinen Teil, bin bereit es einzugehen.«

Nach dem der Rest seine Mitwirkung zugestanden hatte und der Meinung war, dass man nicht mehr tatenlos dem Treiben der Regierung zusehen wollte, waren Peter und Holger zufrieden.

»Es tut mir leid. Bei dieser Art von Aktivität kann und will ich nicht mitmachen. Die werden euch suchen, bis sie euch gefunden haben. Mir ist das jedenfalls zu riskant. Wenn Ihr das machen wollt, dann ohne mich ... Ihr müsst mich verstehen«, bat Waldemar. »Ich habe eine Familie. Meine Tochter ist erst fünf Jahre alt. Da will ich kein Risiko eingehen.«

»Ich denke, wir verstehen dich alle«, beruhigte Martha ihn.

»Da ihr scheinbar alle fest entschlossen seid, diese Graffitiaktion durchzuführen und ich euch nicht mehr zur Vernunft bringen kann, ist es wohl besser, wenn ich gehe. Waldemar stand auf, zog sich an und verabschiedete sich mit: »Ich wünsche euch alles Gute und hoffe, dass es wenigstens etwas bringt.«

Darauf verließ er die Wohnung von Wolfgang, die diesmal als Versammlungsort diente.

»Schade«, meinte Peter. »Aber es war die richtige Entscheidung von Waldemar.«

»Holger, du hattest vorhin erwähnt, du wüsstest, wo man Spraydosen bekommen kann«, versuchte Agnes auf die Diskussion zurückzuführen.

»Ja, genau. Es gibt da einen Schwarzmarkthändler, der verkauft Westware auf dem Parkplatz vor der alten Schuhfabrik. Als ich vor drei Wochen da war, um mir eine Elvisplatte zu kaufen, hatte er eine ganze Kiste voller Spraydosen. In schwarz, in rot, und in grün.«

»Schade, det er keen Gold hat, sonst könnt' man die Deutschlandflagge sprühn«, äußerte Wolfgang beiläufig.

»Den Typen kenn' ich auch«, bemerkte Hans. »Aus dem Kofferraum seines grünen Wartburgs verscheuert er den unterschiedlichsten Westkram. Von Musikkassetten bis zu

Staubsaugern hat der alles im Angebot. Anfang des Jahres hab' ich bei dem 'ne Bohrmaschine erstanden. Wenn man bei dem vorbestellt, kann man alles bekommen.«

»OK, dann werde ich zu diesem Hehler fahren und versuche Spraydosen zu bekommen.« erklärte Peter sich bereit. »Hat jemand eine Idee, was für Sprüche wir an die Wand sprühen sollen?«

»Wie wäre es mit ‚Nieder mit der Stasi' «, schlug Martha vor. Hans bewertete dies mit: »Nicht so prickelnd.«

Nach einer Weile einigte man sich auf zwei Parolen. Die Theorie war erledigt. Jetzt musste man sie nur noch in die Praxis umsetzen.

Am nächsten Tag suchte Peter den berüchtigten Parklatz auf. Nur zwei Autos standen dort. Vor dem grünen Wartburg stand eine kleine Schlange von vier Leuten. Ein leicht untersetzter Mann mit langer biergelber Mähne, zu engem T-Shirt und knallroter Lederhose verkaufte dort seine Hehlerware. Der Kofferraum war voll gestopft mit Westprodukten. Alles was man sich so vorstellen konnte, bot dieser ungewöhnliche Verkäufer feil: Dessous, Kaffee, Kosmetikartikel, Schallplatten, Süßigkeiten, Spielzeug, Walkmen und vieles mehr. Von diesem Warenangebot träumte jeder Ostdeutsche.

»Guten Abend, haben Sie auch Spraydosen?« Das Geld des letzten Kunden noch zählend, erwiderte der Hehler, ohne Peter eines Blickes zu würdigen: »Ja, ich habe noch zwei Dosen schwarze Farbe«, öffnete die Beifahrertür und holte aus dem Handschuhfach zwei Dosen hervor. »Fünfundzwanzig Mark pro Dose.«

Entsetzt von den Wucherpreisen drückte Peter seine Überraschung aus: »Was, so teuer? Fünfzig Mark für zwei Dosen Farbe?«

»Wenn dir meine Preise nicht gefallen, geh in Konsum und versuch da dein Glück«, entgegnete der Schmuggler kühl.

»Ist ja schon gut. Hier sind die fünfzig Mark.« Ohne ein weiteres Wort verschwanden die fünfzig Ostmark und die Dosen wechselten den Besitzer. Peter ärgerte sich über das ruppige Benehmen und die hohen Preise. Der Besitzer des fahrenden Basars nutzte sein Monopol gnadenlos aus und konnte sich dadurch einige Dreistigkeit leisten. Eigentlich wollte Peter irgendeine Kleinigkeit für Agnes mitbringen, doch die Lust noch etwas bei dem Halsabschneider zu kaufen war ihm vergangen.

Heißkalt lief der Schweiß Peter die Stirn hinunter. Eine Mischung aus Angst- und Hitzeschweiß. Dicht gedrängt saßen Holger, Martha, Wolfgang, Agnes und Peter in dem babyblauen Trabant von Holger. Für Bewegung war kein Platz, geschweige denn für Atmen. Mit stark beschlagenen Fensterscheiben brausten sie durch das dunkle Berlin. Die Straßen waren menschenleer, nur das Knattern des rußenden Vehikels schallte in die Nacht hinein. Aus Angst Aufmerksamkeit zu erregen, parkte Holger einige Straßen von der Parteizentrale entfernt. Den Rest des Weges erledigte die Truppe zu Fuß, ohne einen Mucks von sich zu geben. Die Nacht war sternenklar. Der Mond war noch nicht aufgegangen und die Sterne funkelten ungestört am Firmament. Die Nacht war viel zu schön für die geplante Aktion. Ohne es vereinbart zu haben, trugen alle dunkle Kleidung. Sie fühlten sich damit sicherer. Obwohl die Straße kein einziges Lebenszeichen barg und der Stadtteil zu schlafen schien, beruhigte dies den Puls von Peter keineswegs.

Hans wartete schon auf die anderen. Aus seinem Betrieb hatte er zwei Leitern mitgebracht, damit man die Sprüche dort auftragen konnte, wo man sie noch von weitem sehen kann.

»Hallo«, grüßte Wolfgang relativ laut, als sie sich dem Wartenden näherten. Martha zuckte erschreckt durch die unbedachte geräuschvolle Begrüßung zusammen.

»Pst! Nimm doch gleich 'n Megaphon«, entrüstete sich

Hans.

Die Nerven aller Anwesenden lagen blank. Die Attentäter hatten in diesem Fall mehr Angst vor ihrem Opfer, als andersherum. Stolz stand das Parteigebäude vor ihnen. Mit roten Fahnen und Bannern war der kleine Plattenbau für die am kommenden Morgen geplante Eröffnung schon fein herausgeputzt.

Peter kletterte auf die Spitze der höchsten Leiter und sprühte, was die Dose hergab. Die Leiter wurde abgesichert von Agnes und Wolfgang. Auf der anderen Leiter stand Holger und bemühte sich seinen Schriftzug möglichst kunstvoll erscheinen zu lassen. Dem großen »W« verpasste er ein paar Extraschnörkel.

»Du bist 'n Clown«, flüsterte Hans, der zusammen mit Martha die Leiter stabilisierte, dem vermeintlichen Künstler zu.

»Lass den Meister nur mal machen«, gab dieser ebenso leise zu verstehen.

Die Leiter wurde daraufhin von Hans etwas durchgerüttelt.

Empört darüber, dass Hans lauter war als er vorhin, zischte Wolfgang: »Pst! Leise!«

Nach ein paar Minuten bildeten die Buchstaben ganze Sätze. Alle Fahnen und Banner, die in ihrer Reichweite waren, rissen die Revoluzzer ab. Nur zwei Fahnen am obersten Stockwerk entkamen ihren wütenden Händen. Die leeren Dosen nahmen sie mit. Die weithin sichtbaren Schriftzüge waren das einzige Beweismaterial, was am Tatort verblieb.

Am nächsten Morgen wurde die Parteidelegation von zwei markanten Parolen begrüßt: »Freiheit wird siegen!« und »Wir sind ein Volk!« Letztere war verschnörkelt.

12

Ächzend mühten sich Peter und Agnes die scheinbar endlosen Treppenstufen hoch. Der Fahrstuhl war defekt. Holger feierte an diesem Abend in seinen vierundzwanzigsten Geburtstag hinein. Leider wohnte er im fünften Stockwerk eines Plattenbaus in der Karl-Marx-Allee. Holgers Gäste erreichten die Wohnung völlig außer Puste.

»Hallo ihr zwei Hübschen. Tut mir leid, dass ihr hier hoch laufen musstet. Der Fahrstuhl ist schon seit zwei Monaten kaputt. Die fehlenden Ersatzteile sind vorerst nicht lieferbar. Mittlerweile sehe ich es als eine Art Sportersatz an. Erfrischt euch am besten mit einem Bier«, begrüßte Holger seine Freunde, die, aufgrund des kräftezehrenden Aufstiegs, nicht viel mehr als ein »Hallo« und eine Umarmung ausdrücken konnten.

Schnurstracks peilten die Neuankömmlinge den Getränketisch an. Um eine zu schnelle Alkoholisierung zu vermeiden, löschten die beiden ihren Durst zunächst mit Mineralwasser. Agnes trank gleich zwei Gläser hintereinander. Die Wohnung von Holger war eine typische Plattenbauwohnung. Eine Zweiraumwohnung, deren Räume von identischem Grundriss waren. Dem Viereck. Die Küche, in der sich momentan die meisten Leute aufhielten, war ein relativ kleiner Würfel. Der schwarzweiß karierte PVC-Fußboden verstärkte diesen Eindruck. Das Badezimmer war ein schmaler Schlitz, in den man es erstaunlicherweise geschafft hatte, eine Badewanne und ein WC reinzuquetschen. An jeder Wand klebte die gleiche gelb geblümte Tapete. In fast keiner Neubauwohnung der DDR durfte diese Tapete fehlen. Allerdings war die Auswahl nicht wirklich groß. Da fast jeder die gleiche Tapete hatte, nahm jedoch niemand Notiz von ihr. Die Möbel, braunes kantiges quadratisch praktisches Furnier, waren auch in jedem Haushalt zu finden. Das Viereck war offensichtlich das beliebteste Element sozialistischen Designs. Selbst Kleidungsstücke wiesen oft leicht viereckige Form auf, wie man an vielen der Eingeladenen erkennen konnte.

Der Platz wurde zunehmend enger, da mehr und mehr Bekannte von Holger dazustießen. Trotzdem blieb Platz für eine kleine Tanzfläche im Wohnzimmer. Holger legte Musik auf, die eigentlich verboten gehörte. Westliche Pop- und Rockmusik, vorwiegend aus England. Holgers Lautsprecherboxen gaben einiges her und beschallten die ganze Wohnung. Ein erstaunlich gutes Ostprodukt.

»Hallo Peter! Schön, dass du gekommen bist«, begrüßte Holgers Freundin Peter und stellte sich seiner Begleitung selbst vor. »Und du musst Agnes sein. Ich habe schon viel von dir gehört. Ich bin Judith, Holgers Freundin.«

»Ich hoffe, du hast nur Gutes von mir gehört«, grüßte Agnes zurück.

Holgers Freundin war schlank, einen Kopf größer als Holger und damit weit größer als Peter. Ihr rotes Haar war kurz geschnitten, kürzer als das von Peter. Sie hatte in dieser Wohnung die Hosen an. Röcke besaß sie gar nicht. Im Gegensatz zu Holger war sie fleißig, sowie ordnungsbewusst und regte sich immer auf, dass sie ihm alles nachräumen musste. Heftige Streitsituationen, bei denen ab und zu etwas zu Bruch ging, gehörten bei Holger und Judith zur Tagesordnung, ebenso wie die kurz darauf folgende Versöhnung. Oft dauerte solch ein Vorgang weniger als eine halbe Stunde. Peter kannte kein Paar, was unterschiedlicher hätte sein können und doch so gut zusammen passte wie Holger und Judith.

»Ihr habt ja aus meinem Holger einen richtigen Freiheitskämpfer gemacht. Immer wieder erzählt er mir davon, wir Ihr euch das Parteigebäude vorgeknöpft habt. Er kommt sich schon fast vor wie Che Guevara. Ich kann es ehrlich gesagt schon nicht mehr hören. Aber wenn ihm das Spaß macht, soll er weiter einen auf Revolutionär machen. Jeder braucht ein Hobby und ihr habt ein ausgefallenes. Scheinbar hat die nächtliche

Kampagne ja etwas gebracht. Das war ein großer Schock für die Parteileutchen. Ich kann mir richtig vorstellen, wie sie maulaffenfeil vor dem Haus standen und ihre kleinen Köpfe rot angeschwollen sind«, sagte Judith leise.

»Die Reaktion von denen hätte ich wirklich gerne gesehen«, schmunzelte Peter.

»Wollt ihr etwas von den Schnittchen?« Dabei stellte die Gastgeberin eine Platte mit kleinen belegten Broten auf den Tisch, welche sie die ganze Zeit über in der Hand gehalten hatte.

Peter bediente sich an den Schnittchen. Als »A little less conversation« von Elvis Presley aus den Boxen hallte, hielt Judith nichts mehr auf und sie gesellte sich zu den übrigen Tänzern.

Der nächste Partygast war Waldemar, der ein auffällig großes Geschenk dabei hatte. Scheinbar nahm sein Gewissen Form an. Nachdem er ein paar Sätze mit Holger gewechselt hatte, gesellte er sich zu Peter und Agnes.

»Schön euch zu sehen.« Waldemar ließ ihnen keine Zeit seinen Gruß zu erwidern und fuhr mit gesenkter Stimme fort: »Ganz Ostberlin spricht von eurer Graffitiaktion. Die Eröffnungsfeier des Parteibüros wurde deswegen um eine Woche verschoben. Nachts wird das Haus jetzt überwacht. Die Polizei sucht mit allen Mitteln nach euch. In der Zeitung wurde von einem ›terroristischen Anschlag‹ gesprochen und um Mithilfe der Bürger gebeten. Ich hatte euch gewarnt, dass die euch danach suchen werden.«

Waldemar holte aufgeregt Luft und bot damit die Chance, Peter nun auch etwas sagen zu lassen: »Hallo erst einmal! Uns war das schon klar. Es war abzusehen, dass die Stasi darauf versessen sein wird, uns nach einer Beschädigung eines SED-Parteibüros zu finden. Aber, wie du siehst, sind wir noch auf freiem Fuß und die Tat ist in aller Munde. Genau das war es, worauf es uns ankam. Die Leute reden darüber und sehen, dass es Menschen gibt, die sich widersetzen und keine Angst haben zu handeln, egal wie groß das Risiko auch ist.«

Dabei wurde Peter etwas lauter und Waldemar machte ihn darauf aufmerksam, dass er nicht so laut darüber reden sollte. Auch wenn Holger nur Freunde eingeladen hatte, die Wahrscheinlichkeit, dass ein Spitzel darunter weilte, war nicht gerade gering. Die sogenannten IMs, die Inoffiziellen Mitarbeiter der Stasi, waren überall.

»Peter, ich wollte dir die Aktion ja nicht madig machen. Durchaus wurde das erreicht, was ihr wolltet. Selbst in meinem Betrieb wird darüber gesprochen. Wenn ich ehrlich bin, finde ich es auch gut, dass ihr zur Tat schreitet. Ich würde ja auch ..., wenn ich mir nicht Sorgen um Erika und meine kleine Susanne machen müsste.«

»Wir haben ja Verständnis für deine Situation, auch wenn wir dich vermissen.«

»Na ja, ganz aus der Welt bin ich ja nicht!«

»Ich muss dir gestehen, ich hatte vor der Aktion selbst ziemlichen Bammel. Als ich dann aber anfing zu sprühen, begann es mir richtig Spaß zu machen. Das war ein richtiger Nervenkitzel.« Peter legte seinen Arm um Waldemars Schulter und zerrte ihn in Richtung Alkoholika, während Agnes sich zu den Anderen auf der Tanzfläche gesellte. »Wo hast Du eigentlich Erika gelassen?«

»Die passt auf Susanne auf. Meine Schwiegermutter ist im Urlaub und kann so nicht Kindermädchen spielen. Ähm, wo wir gerade von meiner Tochter reden. Könntest du übermorgen Abend auf Susanne aufpassen? Das wäre sehr nett. Ich habe einen Termin in Cottbus und bin erst am späten Abend wieder in Berlin. Erika fährt morgen nach Eisenach, um ihren Onkel zu besuchen.«

»Übermorgen Abend? Das lässt sich einrichten. Ich habe die Kleine auch lange nicht mehr gesehen.«

Zwölf Uhr. Holger war nun vierundzwanzig Jahre alt. Die versammelten Gratulanten sangen das obligatorische Geburtstagsständchen und Judith ließ die teuer erstandene Sektflasche knallen. Genau in die Glühbirne flog der Korken und verfinsterte den Raum. Die angezündeten Kerzen sorgten dafür, dass man nicht ganz im Dunkeln stand. Zum Glück hatte Holger noch eine Ersatzglühbirne auf Vorrat, die schnell eingeschraubt wurde. Nachdem für ausreichend Licht gesorgt wurde, ging die Party sofort mit voller Lautstärke weiter.

Es wurde mit fortschreitender Zeit immer wilder. Das Wohnzimmer war nur noch eine einzige Tanzfläche. Die Stühle standen gestapelt am Rand. In der Küche spielte Wolfgang, auf dem Küchentisch sitzend, auf seiner Gitarre. Sein Publikum machte sich auf dem Boden breit. Einer saß sogar auf dem ausgebeuteten Kühlschrank. Das Klo war ein Ort, an dem man den zuviel getrunkenen Alkohol, mit tief in die Kloschüssel gehaltenem Kopf, wieder nach draußen befördern konnte. Einer der begehrtesten Orte der Party. Gewisse Wartezeiten musste man in Kauf nehmen und sich in gewohnter ostdeutscher Manier einreihen. Im Schlafzimmer zettelte Holger eine Kissenschlacht an, die bald von der darüber wenig erfreuten Judith unterbunden wurde. Der Flur war mit Bierleichen übersät, sodass man beim Durchgehen aufpassen musste wohin man trat. Alles in allem eine tolle Party, die jedem Spaß machte.

Wütend klingelte unerwartet Herr Pietsch an der Tür. Er wohnte direkt unter Holger und es grenzte schon an ein Wunder, dass er sich solange noch nicht zu Wort gemeldet hatte. Etwas überrascht, dass man so viele Menschen in eine Wohnung zwängen konnte, blickte der alte Herr hinein. Holger flitzte sofort zu dem Überraschungsgast und trat aus Versehen dabei einen seiner Gäste, der schon am Boden eingeschlafen war.

»Jetzt ist aber genug! Ich bin zwar schon etwas schwerhörig, aber den Lärm, den sie machen, hört man noch in Peking. Bitte beenden Sie sofort die Feierlichkeit, sonst bin ich gezwungen die Polizei zu rufen! Ach und herzlichen Glückwunsch zum Geburtstag.«

Kaum hatte der Rentner dies gesagt, drehte er sich um und ging.

»Wir bitten vielmals um Entschuldigung, Herr Pietsch«, rief Holger seinem Nachbarn im Treppenhaus nach.

Herr Pietsch war Mitglied der SED und es war deshalb nicht gut ihn zu reizen. Außerdem war ein Besuch von Uniformierten auf dieser Party nicht erwünscht. Die Party war damit beendet. Holger schaltete sofort die Musik aus und forderte seine Gäste auf zu gehen. Judith kam das gar nicht so ungelegen, denn sie war schon ziemlich müde und dachte nur noch an die morgige Putzaktion. Langsam verschwanden die Nachtschwärmer, manche mehr kriechend als gehend. Nur noch die Müllreste, die einen knirschend weichen Teppich bildeten und der Biergeruch zeugten von der Orgie, die kurz vorher stattgefunden hatte.

Peter konnte Agnes dazu überreden, mit auf Waldemars Tochter aufzupassen. So musste er sich nicht alleine mit dem kleinen Racker rumschlagen. Waldemars Tochter war fünf Jahre alt und ein kleines blondes Energiebündel. Sie konnte dem armen Waldemar zu schaffen machen, besonders da er ein ruhebedürftiges Gemüt besaß. Peter war sich der schweren Aufgabe bewusst und hatte in Agnes die ideale Verbündete gefunden, um das Mädchen unter Kontrolle zu bringen.

Zuerst wussten die beiden nicht, wie sie die Kleine unterhalten sollten. Doch dann fiel ihr Blick auf ein Puppentheater, welches Waldemar von einer Dienstreise aus Rumänien mitgebracht hatte. Es bestand aus einer kleinen Bühne mit roten Vorhang und drei Marionetten. Peter bediente die Jungen- und die Mädchenfigur. Beide aus fein geschnitztem Holz und handbemalt. An den Strippen des straußähnlichen rosafarbenen Vogels zog Agnes. Mit diesem Puppenspiel hatten die drei eine Zeit lang viel Spaß, die Erwachsenen scheinbar sogar mehr als das Kind. Irgendwann wurde es dann allerdings Susanne zu langweilig und sie wollte Fernsehen.

Waldemars Familie besaß einen Farbfernseher. Als Peter den Fernsehapparat das erste Mal sah, quollen ihm fast die Augen über. Er besäße am liebsten auch so eine Flimmerkiste. Doch ein Kauf lohnte sich in seinen Augen nicht. Der Preis war ihm zu hoch und das Ostprogramm war, seiner Meinung nach, langweilig und verdummend. Jedes Mal, wenn er Fernsehen sah, regte sich Peter über irgendetwas auf. Er sah in jeder Sendung Propaganda. Damit ging er besonders Agnes auf den Keks. Die Musik in den Shows fand er grauenvoll. Die DDR-Oberen schienen, Peters Meinung nach, eine besondere Vorliebe für naiven Schlager zu haben und sorgten dafür, dass die »Seniorenmucke«, wie Peter sie bezeichnete, allgegenwärtig war. Vielleicht waren sie auch besorgt, dass andere Musik zum Denken anregen könnte. Ein willenloser, nicht denkender Untertan sei besser als ein aufsässiger Denker. Doch Peters Kritik am Fernsehprogramm spielte erst einmal keine Rolle, denn nun war Kinderfernsehen angesagt. Gerade lief eine Kinderserie, die von einem Geisterehepaar handelte, was in einem Plattenbau herumspukte. Je länger Peter sich die Sendung ansah, desto unterhaltsamer fand er sie. Dieses spukende Ehepaar hatte im Mittelalter Wandersleute überfallen. Zur Strafe musste es nun an den Hausbewohnern gute Taten vollbringen. Dabei erlebten diese leicht vertrottelten Gespenster allerlei lustige Geschichten. Faszinierend fand Peter, dass diese Geister durch Wände gehen konnten, wenn sie dreimal darauf geklopft hatten. Wie sehr wünschte er sich, Agnes und er könnten dies auch mit der großen Mauer machen.

Kurz bevor Susanne in ihr Bett gehen musste, kam das Sandmännchen. Eine drollige Gestalt mit Zipfelmütze und grauem Bart. Mit einem Raumschiff landete es auf dem Mond und wünschte den Kindern eine gute Nacht.

»Ich glaube, der Sandmann ist Amerikaner«, kicherte Agnes Peter in sein Ohr.

Etwas irritiert fragte er: »Versteh ich nicht. Wo ist der Witz?«

»Na die einzigen Menschen, die den Mond jemals betreten haben, waren die Amerikaner.«

»Aha.«

Agnes musste Susanne noch eine Gute-Nacht-Geschichte vorlesen. Währenddessen schaltete Peter von Sendung zu Sendung. Von Ost- zu Westfernsehen und wieder zurück. Er beneidete Waldemar um den Farbfernseher, trotz seiner Abneigung gegenüber den Ostsendern. Gewissermaßen gehörte dieser Fernseher Peter auch. Im sozialistischen Kollektiv gehört ja jedem alles und allen gar nichts.

Als Agnes aus dem Kinderzimmer zurückkam, schaltete er den Fernseher aus.

»Ist denn nichts Gescheites im Programm?«, wollte Agnes wissen.

»Doch, Küssen und Schmusen.«

Mit aller Zärtlichkeit widmeten sie sich dieser Form von Programm. Doch kaum fingen sie damit an öffnete sich die Wohnungstür und Waldemar kam herein.

»Ähm ..., Hallo ihr zwei Turteltauben. Erstaunlich, dass Susanne schon schläft. Sonst ist sie überhaupt nicht müde zu bekommen. Noch einmal vielen Dank, dass ihr euch die Zeit genommen habt.«

»Keine Ursache, wir kümmern uns doch gerne um deinen Sprössling«, sagte Peter.

»Hat sie euch viel Arbeit gemacht?«

»Ganz im Gegenteil«, antwortete Agnes. »Sie war brav wie ein Engel. Zwar ein etwas quirliger Engel, aber es hat uns Spaß gemacht.«

Mit Erleichterung nahm Waldemar dies zur Kenntnis. Er hatte befürchtet, dass Susanne die Nerven der beiden arg in Anspruch nehmen würde, wie dies normalerweise bei ihren

Babysittern der Fall war.

Nachdem Agnes und Peter vom Abend berichtet hatten, kam Waldemar auf ihre Gruppierung zurück: »Nach der Graffitiaktion macht ihr bestimmt noch weitere?«

»Das war erst der Anfang«, meinte Peter. »Das weitere Vorgehen besprechen wir auf unserem nächsten Treffen. Englisch werden wir vorerst wohl etwas weniger üben.«

»Habe ich mir gedacht«, bestätigte Waldemar seine Vermutung und legte eine kurze Denkpause ein. »Ich wünsche euch jedenfalls viel Glück.«

Man verabschiedete sich voneinander und ging seinen Weg.

13

»Ick hab' Schrippn mitjebracht.«

Wolfgang ließ die Brötchentüte rumgehen. Hans hatte einen ausgeschnittenen Zeitungsartikel über das »Attentat« mitgebracht und zeigte ihn stolz den anderen.

»Aufsehen haben wir schon mal erregt«, sagte Peter.

»Das war doch ein gelungener Auftakt für unser Handeln«, fühlte Holger sich bestätigt.

Hans, der den Zeitungsausschnitt wieder in Empfang nahm, nachdem jeder sich ausreichend informiert und belustigt hatte, meinte: »Dass die Aktion so 'n Erfolg wird, damit hab' ich ehrlich gesagt nicht gerechnet. Ich hätt' gedacht, die würden das einfach verschweigen.«

»'Ne missglückte Parteibüroeröffnung kannste nich so eenfach verschweign«, hakte Wolfgang ein.

»Jedenfalls brachte es etwas«, sagte Holger.   »In ganz Ostberlin spricht man davon.«

»Auf den ersten Blick wirkt es als wären die Leute schockiert ... Ich habe aber den Eindruck, die Mehrheit findet es mutig und richtig«, fügte Agnes hinzu.

»So etwas findet jeder mutig. Schließlich sucht die Stasi uns garantiert mit aller Kraft«, bemerkte Martha.

»Es fängt nun langsam in der Bevölkerung an zu brodeln. Wir müssen weiter machen, sonst war die Sprühaktion nichts weiter als eine nutzlose Mutprobe. Wir benötigen noch viel mehr Aufmerksamkeit«, fuhr Agnes fort.

»Genau. Die Graffitis waren erst der Anfang. Ich habe mir auch schon überlegt, wie wir fortfahren sollten«, stimmte Holger zu.

»Aber, wie Martha schon gesagt hat«, bemerkte Peter, »Die suchen nach uns. So leicht wie Freitagnacht wird es uns nicht mehr fallen. Die Staatsicherheit rechnet doch damit, dass wir demnächst weitere Aktionen machen. Sie wird Augen und

Ohren noch mehr spitzen, als sie es eh schon macht. Wir müssen bei allem, was wir tun, äußerste Vorsicht walten lassen. Keinem Außenstehenden dürfen wir mehr trauen. Wir sind keine einfache Lerngruppe mehr. In deren Augen sind wir jetzt Terroristen. Wenn die uns schnappen, dann ist alles aus. Wir dürfen das nicht vergessen. Das ist kein Spiel und erst recht nicht eine Mutprobe für Staatsmüde. Ein einziger kleiner Fehler kann unser aller Ende bedeuten. Das müssen wir uns immer vor Augen halten!«

»Auch da muss ich dir zustimmen«, sagte Holger, lehnte sich dabei aber lässig zurück. »Die Gefahr ist nun wirklich groß. Aber ich denke, uns allen war von Anfang an bewusst, dass dies weder ein Spiel noch eine leichtsinnige Mutprobe war. Waldemar stieg deshalb ja aus. Jeder hatte die Möglichkeit es ihm gleich zu tun und kann auch jetzt noch aussteigen.«

Die Versammelten stimmten ihm zu. Jeder von ihnen wollte dieses Risiko auf sich nehmen, um etwas bewegen zu können. So viele Jahre hatten sie unter diesem System gelebt, dass ihnen jedes Risiko recht war, auch wenn man es so weit wie möglich minimieren wollte. Ihnen allen war bewusst, dass die Regierung momentan große Probleme hatte. Der Unmut wuchs in der Bevölkerung stetig an. Jetzt war die Zeit gekommen, in der man durch waghalsige Aktionen etwas bewegen konnte. Keiner der Freunde wollte diese Chance verstreichen lassen.

»Ich denke, dass wir nun die Menschen genauer auf die Missstände in der DDR aufmerksam machen müssen. Geschmierte Parolen erregen zwar Aufmerksamkeit, der Informationsgehalt ist jedoch gering. Wir müssen Flugblätter mit konkretem Inhalt verteilen. Das Risiko hierbei ist auch deutlich geringer als bei unserer Nacht-und-Nebelaktion«, schlug Holger vor.

»Die Idee finde ich gut, denn viele wissen gar nicht Bescheid, was heutzutage vorgeht. Sie kennen nur die Staatsnachrichten …«

»… und die geben nur die Sicht der Regierung wieder«, führte Hans den Satz von Martha weiter.

»Kommt nur die Frage auf, wie wir sie verteilen, ohne gesehen zu werden«, bemerkte Peter.

Holger reagierte wieder gelassen: »Das machen wir natürlich ebenfalls nachts. Jeder bekommt einen Packen Flugblätter und verteilt sie. Wenn wir das einzeln machen fällt das weniger auf, als wenn wir in Grüppchen durch die Stadt tingeln.«

»Welche Themen sollen wir denn konkret behandeln?«, fragte Agnes und entflammte eine lange Debatte über verschiedene politische Missstände, die unbedingt auf dem Flugblatt angesprochen werden müssten. Es kamen so viele Kritikpunkte an der Regierung der Sozialistischen Einheitspartei, dass man eine ganze Broschüre hätte anfertigen können. Es musste aber alles auf eine DIN A4 Seite passen. Letztendlich einigte man sich auf die Punkte Pressefreiheit, Ausreisefreiheit, Beendigung des Staatsterrors durch die Sicherheitsdienste und ein echtes Mehrparteiensystem. Mit anderen Worten forderten sie auf ihrem Papier eine wirkliche Demokratie. Die Grundsäule der Gerechtigkeit.

»Wer schreibt den Text?«, wollte Hans wissen.

Peter bat, mit großen Hundeaugen, Agnes darum: »Agnes würdest du das machen? Du kannst das am besten von uns.«

»Da komme ich wohl nicht drum rum«, zeigte sich Agnes einverstanden.

»Super, dann fertigst du bis Donnerstag den Inhalt an und Hans kopiert ihn«, koordinierte Peter. »Einverstanden?«

Hans nickte: »Ist in Ordnung, Meister.«

»Gut dann haben wir das schon erledigt. Das ging ja schneller, als ich erwartet hatte«, meinte Peter. »Hat jemand Lust noch ein bisschen Englisch zu machen?«

Trotz all der Politik war der Runde noch nicht die Lust an dem Erlernen der englischen Sprache vergangen. Sofort fingen sie mit Englischübungen an und zeigten so viel Elan, wie schon lange nicht mehr. An diesem Abend brachte Peter ihnen den Unterschied zwischen »leave« und »let« bei.

Schnell prasselten die Buchstaben auf das Stück Papier nieder. Agnes beherrschte virtuos das Schreiben auf der Schreibmaschine. Ihre Finger waren so schnell, dass Peter sie nur verschwommen wahrnehmen konnte. In Windeseile hatte sie den Entwurf des Flugblattes in der Hand. Peter, der ihr bei der Erstellung assistiert hatte, hielt es für gelungen und beide wollten sofort die Meinung von Holger wissen. Sie konnten nicht bis Donnerstag warten und fuhren sogleich mit dem Entwurf zu ihrem Freund. Dieser befand das Stück Papier für gut und verbesserte nur noch die Optik. Es sollte nicht allzu sehr nach Schreibmaschine aussehen. Auch Holger wollte nicht lange warten und nachdem nur eine knappe Stunde vergangen war, machten die drei sich auf den Weg zu Hans. Verwundert und müde machte dieser ihnen die Tür auf. Eigentlich war er gerade dabei ins Bett zu gehen, bat sie aber trotzdem hinein. Mit der gleichen Freude, die kleine Kinder an den Tag legen, wenn sie ihren Eltern etwas Selbstgebasteltes schenken, präsentierten sie ihm den Flyer.

Schlaftrunken bewertete ihn Hans mit: »Gut.«

Peter, Agnes und Holger hatten sich etwas mehr als ein gegähntes »Gut« erhofft. Doch für eine große Diskussion und viel Pathos war Hans einfach zu müde. Als er merkte, dass seine Freunde etwas mehr von ihm erwarteten, fügte er noch hinzu: »Gefällt mir wirklich. Ihr habt euch wirklich Mühe gegeben.« Er hoffte sie damit einigermaßen zufrieden gestellt zu haben.

»Ich werde morgen nach der Arbeit das Flugblatt vervielfältigen«, sagte Hans und erhob sich. Die Anderen merkten, dass Hans schon reif für das Bett war und bewegten sich zur Tür. Hans durchbrach damit die Kette der Ungeduld. Die Drei hätten am liebsten schon an diesem Abend einen Packen Flugblätter in der Hand gehalten.

Am nächsten Tag schlich Hans nach erledigter Diensterfüllung in den Raum mit der Kopierwalze und schloss hinter sich ab, damit ihn keiner beim Kopieren störte. In dem Betrieb befanden sich zwar nur noch wenige Arbeiter um diese Uhrzeit, aber man konnte ja nie vorsichtig genug sein. Mühsam bewegte er die Walze per Hand. Der Geruch der Druckerschwärze benebelte leicht seine Sinne. Er musste eine kleine Verschnaufpause machen. Doch allzu lange durfte die Pause nicht sein, denn sechshundert Zettel mussten noch erstellt werden. Tapfer begab er sich wieder an sein Werk. Drehung für Drehung, Zettel für Zettel. Die Arbeit schien kein Ende zu nehmen.

Endlich war der Karton voll. Mehrere tausend Exemplare stapelten sich darin, bereit verteilt zu werden. Als Hans gerade den Karton mit Klebeband verschließen wollte, rüttelte jemand an der Türklinke. Adrenalin schoss in seinen Kopf. Schnell verschloss er den Karton und trat ihn unter den Tisch. Nun klopfte es laut.

Die Stimme vor der Tür fragte: »Hallo. Ist da jemand drin?«

Hans beseitigte schnell die paar Spuren und öffnete darauf die Tür. Vor der Tür stand Martin, ein Lehrling.

»Wieso hast du dich eingeschlossen?«

»Damit ich meine Ruhe vor nervigen Lehrlingen hab' ... und um Skizzen zu kopieren.«

»Kann ich dir dabei helfen?«

»Nein, ich bin schon fertig. Trotzdem danke.«

»Na denn, schönen Feierabend.«

»Ebenso.«

Hans war sichtlich erleichtert, dass es nur der dicke Martin war. Wäre es sein Vorgesetzter gewesen, wäre er in arge Bedrängnis geraten. Den Feierabend hatte er sich nun wirklich verdient.

Schon einen Tag später holten Agnes und Peter ihren Stapel ab, um ihn dann Montagnacht planmäßig zu verteilen.

»Das ist ja super, dass es möglich ist so viele Flugblätter herzustellen, ohne dass jemand davon etwas mitbekommt«, bemerkte Peter als er den großen prall gefüllten Karton sah.

»Die Kopiermaschine wird wenig genutzt und ich sorge halt dafür, dass sie nicht verstaubt«, sagte Hans. »Beinahe wär' ich aber erwischt worden. 'N Lehrling wollte den Kopierraum betreten, als ich gerade fertig mit dem Kopieren war. Doch alles ist noch mal gut gegangen.«

»Hat er denn etwas bemerkt?«

»Der? Niemals! Der ist schwer von Begriff. Ich bin schon froh, wenn der 'nen Nagel mit dem Hammer trifft«, beschwichtigte Hans seinen Freund. »Aber jetzt mal etwas anderes. Habt ihr Lust, nächsten Freitag mit mir auf die Datsche zu fahren? Dann zeig' ich euch mal, was für ein gekonnter Grillmeister ich bin.«

»Also ich hätte Lust und du Agnes?«

»Gerne würde ich mir mal die Datsche von dir ansehen, Hans. Außerdem war ich schon lange nicht mehr im Grünen.«

So nahmen die beiden die Einladung von Hans dankend an und machten sich mit ihrem konspirativen Gepäck auf.

Der Regen hatte gerade aufgehört. Die Risse in den erleichterten Wolken boten dem Mond die Möglichkeit für kurze Momente die tiefschwarze Nacht zu erhellen. Platsch. Peter trat versehentlich in eine Pfütze. Seine und Agnes Hose bekamen etwas ab.

»Soll ich dem kleinen Jungen vielleicht Gummistiefel anziehen, dann kann er besser in den Pfützen rumplanschen«, reagierte Agnes leicht verärgert.

»Tut mir leid. War ja keine Absicht«, entschuldigte er sich und fuhr fort: »Wir sollten jetzt mal anfangen mit dem Verteilen. Wo es möglich ist, schmeißen wir die Flugblätter in die Briefkästen, ansonsten legen wir ein paar vor die Tür oder kleben eins mit Klebeband an den Eingang.«

Simultan zogen sie jeweils einen Packen mit Pamphleten aus ihren Taschen und begannen in Windeseile sie in den Straßen zu verteilen. Ab und zu klebte Agnes einen Flyer, wie ein Plakat, an eine Tür oder Wand. Jeder sollte ihre Kritikpunkte lesen.

Im Nu breiteten sie ihre Botschaft aus. Sie schienen eine neue olympische Disziplin zu erfinden. Im Wettverteilen waren sie zumindest Weltmeister. Bei Briefkästen mit Klappen waren sie etwas vorsichtiger als bei einfachen Schlitzen, um keine Geräusche zu erzeugen. Von den beiden war Agnes die Schnellere, obwohl sie in regelmäßigen Abständen mit Klebeband hantierte, was Zeit kostete.

Ganze Straßenzüge hatten sie schon im Prenzlauer Berg abgeklappert, als sich ihnen Schritte näherten. Um nicht entdeckt zu werden, verschwanden sie schnell in einen Hinterhof und warteten ab. Die Schritte, die von zwei Schatten erzeugt wurden, verschwanden wieder so schnell wie sie gekommen waren. Die Passanten hatten zum Glück noch nicht das aufgehangene Flugblatt bemerkt, was Agnes kurz zuvor befestigt hatte. Peter und Agnes zögerten nicht lange und nahmen prompt ihre Arbeit wieder auf. Schnell hatten sie auch die letzten Flugschriften verteilt. Stolz sahen sie auf die Straße, die hinter ihnen lag, zurück und betrachteten ihr Werk.

Laut schnaubend bahnte sich der Wartburg seinen Weg auf der unebenen Straße. Die Bäume erstrahlten im spätsommerlichen Grün. Wenn das Gefährt nicht so laut gewesen wäre, hätten die Insassen den Vogelgesang durch die geöffneten Fenster hören können. Es war der perfekte Tag für eine Fahrt zur Datsche. Hans hatte ordentlich viel Grillwürstchen mitgenommen, um Peter und Agnes zu zeigen, wie meisterhaft er die Kunst des Grillens beherrschte. Barbara, die Frau von Hans, hielt einen Korb mit Fressalien in der Hand und gab Acht, dass er nicht umkippte durch das ganze Geruckel.

Zwei alte Buchen bildeten ein grünes Tor zum Garten der Datsche. Mit Geknatter bog der Wartburg ein. Als die Insassen ausstiegen, konnten sie noch nicht den warmen spätsommerlichen Geruch bemerken, da die Abgase ihres Vehikels noch in der Luft lagen.

Das kleine Grundstück von Hans war dicht mit alten Bäumen bewachsen und bot vielen Singvögeln eine Heimat, welche die Neuankömmlinge mit ihren Liedern willkommen hießen. Die Datsche lag in unmittelbarer Nähe vom Müggelsee. Hellblau schimmerte die Oberfläche des Sees durch das Grün der Büsche und Bäume. Dieser Garten war der Traum jedes Arbeiters. An warmen Tagen konnte man sich hier von der Sollerfüllung erholen und seine Batterien für den erneuten Arbeitseinsatz auftanken.

»Die Luft riecht so frisch und gesund«, schwärmte Agnes nachdem sich die Auspuffgase verflüchtigt hatten. »Das ist richtiger Luxus, den du hier hast«, sagte Peter. »Da kann man richtig neidisch werden.«

»Da hast du vollkommen Recht. Das ist mein grüner Palast. Den hab' ich von meinen Eltern geerbt. Heutzutage kommt man nicht mehr so leicht in den Besitz von 'ner Datsche hier. Jeder möcht' gerne so 'nen Garten besitzen und Parteibonzen reißen sich so etwas normalerweise als erste unter den Nagel«, drückte Hans mit ausgebreiteten Armen seinen Stolz auf das grüne Kleinod aus.

»Ihr könnt euch gerne ein bisschen umsehen, während wir den Grill aufbauen und das Essen vorbereiten«, schlug Barbara vor.

»Machen wir«, sagte Agnes, griff Peter am Arm und zog ihn weg. Zuerst inspizierten sie das Gartenhäuschen. Es diente in allererster Linie als Abstellkammer. Da es darin nichts Interessantes zu entdecken gab, gingen die zwei hinter das Haus. Dort befand sich ein Salatbeet. Hier hatte Barbara versucht,

94

eigenen Salat anzubauen, doch daraus war nicht viel geworden. Nur drei mickrige, von Schnecken zerfressene Salatköpfe zeugten von dem Experiment. Hinter dem Beet befand sich eine dichte Hecke mit tiefschwarzen großen Brombeeren, von denen beide sofort naschten. Die Sonne hatte den Beeren ein kräftiges Aroma und ausreichende Süße verliehen, sodass Peter und Agnes nicht genug davon bekommen konnten. Beim gierigen Pflücken verletzte sich Peter an den scharfen Dornen. Peter wollte sich das Blut an der Hose abwischen, doch Agnes nahm den Finger, küsste ihn sanft und neckte ihn mit: »Nicht gleich weinen.«

Schnell besorgte sie aus der Holzhütte ein Pflaster und wollte gerade den Finger verarzten, als Peter meinte: »Küss den Finger doch bitte noch einmal.«

Ein kurzes »Nein«, entgegnete sie ihm und küsste ihn auf den Mund. Darauf zerrte sie ihn an den Rand des Seeufers, welches das Grundstück zur einen Seite abgrenzte. Peter legte seinen Arm um ihre Schulter und beide genossen die Aussicht auf den blausilbernen Müggelsee, der sich glitzernd vor ihnen auftat. Ein paar Ruderboote bewegten sich in großer Entfernung hin und her. Vereinzelt konnte man ein paar Badende ausmachen. Stundenlang hätten sie diese Aussicht genießen können, doch Grillgeruch gelangte in ihre Nasen und erinnerte sie daran, dass sie hungrig waren.

»Ihr kommt gerade zur rechten Zeit. Die ersten Würstchen sind gleich fertig«, sagte Hans und zeigte auf sein Meisterwerk.

»Die sehen aber wirklich lecker aus«, meinte Peter.

»Nehmt schon mal platz.«

Mit einer Zange nahm er die brutzelnden Würstchen vom Grill und Barbara gab den Rest der Mahlzeit auf die Teller, Kartoffeln und gekauften Kopfsalat. Nachdem Hans Platz genommen hatte, begann die Runde mit der Verspeisung eines der beliebtesten deutschen Gerichte. Das Ritual des Grillens wurde in ganz Deutschland zelebriert. Im Osten, wie im

Westen.

Die Männer aßen doppelt so schnell wie die Frauen und nahmen sich schon die zweite Portion, als die Frauen noch die Hälfte auf ihren Tellern hatten. Die Gesprächigkeit der Damen dürfte eine wesentliche Ursache dafür gewesen sein. Peter und Hans hingegen füllten nach männlicher Manier, auf schnelle Weise und ohne großes Gerede, ihre Bäuche. Als die Männer keine weitere Nahrung aufnehmen konnten, wechselten auch sie zu einer normalen Kommunikation.

»Mit dem Verteilen unserer Flugblätter haben wir ja nicht viel erreicht ... Keine Sau spricht darüber«, zeigte Hans sich enttäuscht.

»Vielleicht haben wir nicht so viele Menschen erreicht, wie wir ursprünglich angedacht hatten. Aber jeder, der unser Protestpapier in den Händen hielt, kennt unsere Meinung«, sagte Peter.

»Wenn wir aber nur dafür sorgen, dass vereinzelte Leute nachdenklich werden, erreichen wir nie viel.«

»Jeder Tropfen höhlt den Stein.«

»Nur ist dieser Stein 'n ganzes Bergmassiv!«, entgegnete Hans der Weisheit von Peter. »Wir müssen etwas Großes auf die Beine stellen, sonst haben wir in hundert Jahren immer noch nicht viel bewegt außer 'n wenig Nachdenklichkeit.«

»Du hast schon recht«, stimmte Peter zu. »Aber was können wir schon Großes machen? Wir können nicht andauernd irgendwelche Parteibüros beschmieren?«

»Gute Frage ...«

»Wenn wir es schaffen könnten eine Demonstration ins Leben zu rufen, dann hätten wir etwas Großes.«

»Damit hätten wir auf jeden Fall große Probleme, denn dann könnten sie uns ganz einfach schnappen«, dämpfte Hans den Geistesblitz von Peter.

»Hm, stimmt auch wieder ...«

»Könnt ihr an diesem wunderschönen Tag über nichts

anderes reden, ihr zwei Griesgrame!«, hakte sich Agnes in die Männerdiskussion ein.

»Agnes hat Recht, lass uns beim nächsten Treffen weiter darüber reden«, stimmte Hans zu.

Man ging zu anderen Diskussionsthemen über, die nicht derart nachdenklich stimmten. Den komplexen Vorgang der Grillanzündung oder die neue Frisur von Nina Hagen bei ihrem letzten Auftritt im Westfernsehen.

Zu fortgeschrittener Zeit präsentierte Hans den Gästen sein Ruderboot, welches am Ufer lag. Es litt etwas an Vernachlässigung, doch nach Prüfung der Schwimmtauglichkeit konnte man zu einer Ruderrunde auf dem Müggelsee aufbrechen. Agnes war anfangs nicht ganz von der Tüchtigkeit des Bootes überzeugt, doch die Idylle der Bootstour ließ ihre Beunruhigung verschwinden. Kraftvoll bewegten Hans und Peter das Boot über den See und boten den Damen damit einen idealen Blick auf die immer tiefer fallende rote Sonne.

14

»Letztes Wochenende haben Hans und ich uns Gedanken über unser weiteres Vorgehen gemacht«, berichtete Peter. »Wir überlegten uns, ob wir eine Demonstration organisieren sollten.«

»Was?«, brach es aus Martha heraus.

Hans fuhr fort: »Jaja, wir sind uns des Risikos bewusst. Außerdem wissen wir nicht wirklich, wie wir dies anstellen sollen.«

»Die schnappen uns doch, bevor wir nur einen einzigen Schritt auf die Straße getan haben«, meinte Martha.

»Hm«, grunzte Holger. »Man könnte dies schon bewerkstelligen mit einem relativ geringen Risiko. Wenn es uns gelingt, möglichst viele Leute auf die Straße zu bringen, dann können sie nicht alle auf einmal verhaften. Außerdem dürfen wir uns nicht als Urheber der Demonstration zu erkennen geben.«

»Wie soll das gehen?«, wollte Agnes wissen.

»Wir rufen in einem erneuten Flugblatt, was wir über einen größeren Zeitraum in größerer Anzahl verteilen, anonym zu einer Demonstration auf«, antworte Holger.

Peter fuhr gleich begeistert fort: »Genau. Jeder soll seine eigenen Spruchtafeln mitbringen. Die Route wird auf dem Flugblatt genau beschrieben.«

»Sie sollte auf dem Alexanderplatz beginnen«, fiel Holger Peter ins Wort.

Abwägend meinte Hans: »Das könnte chaotisch werden. Es könnte aber auch klappen.«

»Also ich weiß nicht«, gab sich Martha besorgt. »Das Ganze hört sich für mich verrückt an. Das ist nun wirklich eine Nummer zu groß für uns.«

Es wurde noch lange hin und her diskutiert. Als man darüber abstimmen ließ, stimmten, bis auf eine Ausnahme, alle für den Versuch eine Demonstration einzuleiten.

»Möchtest du dich bei dieser Aktion lieber heraushalten, Martha?«, fragte Peter.

»Ach«, stöhnte sie. »Da ihr ja alle dafür seid und ich euch diesen Gedanken nicht ausreden kann, mache ich selbstverständlich mit.«

Anschließend besprach man nähere Details des neuen Flugblattes und der Demonstration. Für Englisch blieb keine Zeit. Keiner der Anwesenden verschwendete seine Gedanken daran, zu eifrig war man mit dem neuen Vorhaben beschäftigt.

Bei der Erstellung des Flugblattes lief alles wie beim ersten Mal ab. Agnes entwarf es, Peter und Holger überarbeiteten es und Hans kopierte. Erstaunlicherweise vermisste niemand in dem Betrieb von Hans Papier. Dabei verbrauchte er dieses Gut massenweise. Der einzige Unterschied zu der vorhergehenden Flugblattaktion war, dass diesmal der Erstellungs- und Verteilzeitraum deutlich größer war als beim ersten Mal. Man verteilte mehrere Wochen lang in den unterschiedlichsten Stadtteilen die Pamphlete, ebenfalls ohne besondere Vorkommnisse. Das Glück schien ihnen hold zu sein. Nicht nur in Briefkästen und an Haustüren hinterließen sie ihren Aufruf zur Demonstration, sondern auch in U-Bahnen und an öffentlichen Plätzen. Unermüdlich setzten sie ihren Verteilvorgang fort, bis ganz Berlin davon Wind bekommen haben müsste.

Der Tag der Demonstration war gekommen. Das kleine Widerstandsgrüppchen war ziemlich nervös. Sie wussten nicht, ob überhaupt jemand kommen würde. Zum anderen wussten sie nicht, wie der Abend verlaufen würde. Kommt es zu Problemen mit der Polizei oder mit der Stasi? Wird es nur ein chaotisches Getümmel? All diese Fragen schwirrten ihnen durch den Kopf. Mit zunehmender Stunde drehten sich die Fragen immer schneller und trieben den Freunden den Schweiß auf die

Stirn.

Die U-Bahn hielt am Alexanderplatz. Peter und Agnes stiegen, Hand in Hand, aus. Die Anderen waren jeweils getrennt zum Alexanderplatz gefahren. Sie wollten sich nicht in einer größeren Gruppe dem Alexanderplatz nähern, aus Angst Aufmerksamkeit zu erregen. Agnes hatte ein Spruchband entworfen, welches sie um sich gewickelt hatte und unter ihrem langen Mantel verbarg. Als sie sich zum Ausgang der U-Bahn-Station begaben, waren sie gespannt, was sie erwartete.

Erstaunt schauten Peter und Agnes auf den Alexanderplatz. Zu ihrer Überraschung hatte sich eine große Menschenmasse auf dem Platz versammelt. Es mussten mehr als fünfhundert Menschen sein. Peter nahm Agnes in die Arme und schleuderte sie einmal um sich herum, so sehr freute er sich über die Wirkung ihres Aufrufes. Mit so einer großen Ansammlung hatte keiner gerechnet, auch die Obrigkeit nicht. Von den Flugblättern hatte sie durchaus erfahren, aber sie hatte nicht geglaubt, dass deshalb eine Demonstration zu Stande käme. Zu groß war ihre Arroganz. Punkt neunzehn Uhr machte sich die Menge auf den Weg. Die wenigen Volkspolizisten konnten nur machtlos zusehen, wie sich der Demonstrationszug seinen Weg bahnte und die Zahl der Teilnehmer stetig wuchs. Unzählige Protestschilder ragten aus dem Strom wütender Bürger empor. Darauf konnte man Forderungen nach »Pressefreiheit«, »Meinungsfreiheit« und »Deutschland gehört vereint« lesen. Peters Angst war verflogen. In der Menge fühlte er sich sicher.

Auf einmal griff eine Hand Peters Schulter.

»Hab ich doch zwei bekannte Gesichter gefunden«, sagte die Stimme, der die Hand gehörte.

Es war Holger, der sie unter den vielen Gesichtern erspäht hatte.

»Ist bis jetzt doch glatt verlaufen«, fuhr Holger fort, nachdem er auch Agnes begrüßt hatte. »Wollen wir hoffen, dass es so bleibt«, meinte Peter.

»Ich denke nicht, dass jetzt noch etwas passiert. Die Demonstration läuft ganz geordnet ab. Die Polizei kann uns nicht gefährlich werden. Die kann mit so vielen Menschen nicht fertig werden und ist schon genug mit dem Verkehrschaos beschäftigt«, gab sich Holger gelassen.

»Ehrlich gesagt, war ich ziemlich überrascht, so viele Menschen vorzufinden. Ich hatte schon befürchtet, dass keiner kommt«, sagte Peter.

»Du bist einfach zu pessimistisch.«

»Das ist immer besser, als zu optimistisch sein. Sonst läuft man irgendwann Gefahr, auf seinem Höhenflug einen Absturz zu erleben«, rechtfertigte Peter seine Lebenseinstellung.

»Du bist mir einer ... Diesmal können die Zeitungen nicht schweigen. So etwas müssen sie bringen. Eigentlich finde ich, müsste darüber sogar das Fernsehen berichten«, empfand Holger.

Laut brüllte die Menschenmasse ihren Zorn aus der Seele. Mehr und mehr Menschen schlossen sich der Kundgebung an. Ohne Zwischenfälle legte die Demonstration eine gute Strecke zurück. Der Zug hatte mittlerweile schon die Liebknechtstraße und die Torstraße hinter sich gelassen und bog soeben in die Schönhauser Allee ein. Dies geschah in einem relativ zügigen Tempo doch nun hielt er plötzlich an. Ein Raunen ging durch die Reihen. Die Schönhauser Allee wurde durch ein großes Aufgebot an Polizeikräften verriegelt. In mehreren Reihen bildeten die Wachmänner eine lebende Mauer. Wasserwerfer sorgten für den dazugehörigen bedrohlichen Tatsch. Die Verstärkung war eingetroffen.

»Jetzt ist die Kacke am Dampfen«, meinte ein älterer Demonstrant, der direkt vor Peter stand. Das Schild, was der Mann hielt, ließ er sofort fallen. Man sah ihm seine Angst an. Peter grübelte darüber, ob dieser Mann vielleicht auch schon damals bei der Demonstration am siebzehnten Juni mitgemacht hatte. Vom Alter her hätte dies ohne weiteres passen können. Ohne dass Peter es bewusst merkte, ergriff er fest die Hand von Agnes.

Einige Demonstranten riefen den Volkspolizisten Beleidigungen zu. Die Stimmung kochte. Es war genau das geschehen, wovor Peter Angst hatte. Nun war die Masse nur noch eine chaotische Ansammlung von Menschen mit gemischten Gefühlen. Wut und Angst vermengten sich hier.

Eine Weile passierte nichts. Doch ehe man sich versah, fingen die Wasserwerfer an mit voller Kraft in die aufgebrachte Bevölkerung zu schießen und die Polizisten stürmten los. Wie eine von Cowboys getriebene Rinderherde rannten die Menschen davon. Doch von hinten näherte sich ebenfalls eine große Schar von Polizisten. Man wollte die Aufrührer nicht so einfach entkommen lassen. Die Demonstranten waren gefangen, wie eine Maus in der Mausefalle. Es schien keinen Ausweg zu geben. Die Polizisten stürzten sich auf die Aufrührer und gingen mit aller Härte vor. Es gab bald niemanden der nicht schon von Wasserwerfern durchnässt worden war und wenn jemand noch nicht die Erfahrung mit den übergroßen Wasserpistolen gemacht hatte, durfte er mit dem Schlagstock Bekanntschaft machen. Das Szenario wirkte wie eine antike Schlacht. Die gleiche Szene hätte sich auch im alten Germanien abspielen können, als die Römer die unterlegenen Germanen niedermetzelten. Peter und Agnes drängelten zurück in die Mitte der Menschenmenge, da die Polizisten von der Rückseite der Demonstration sich schnell nach vorne bahnten.

Peter schaute nach hinten, als er ein lautes Kreischen einer Frau hörte. Sie wehrte sich mit allen Mitteln gegenüber den Beamten und trat aus, wie ein wildgewordenes Pferd. Drei Polizisten versuchten sie zu bändigen und schleuderten sie auf den Boden. Einer von ihnen verpasste ihr als Zugabe noch einen kräftigen Tritt. Etwas weiter rechts erkannte Peter den älteren Herrn von vorhin. Er rief einem Polizisten etwas zu. In den

Tumult konnte Peter es nicht verstehen. Ein anderer Polizist schlug mit seinem Schlagstock mit voller Kraft auf den Kopf des wehrlosen Mannes. Sofort brach er zusammen. Eine Blutlache bildete sich auf dem Boden.

Peter hielt Agnes fest an ihrem Arm, um sie in dem Chaos nicht zu verlieren. Verzweifelt versuchte er Holger oder einen anderen seiner Kumpanen zu entdecken. Doch dies blieb vergeblich. Er zerrte Agnes an den Rand der Menge in der Hoffnung einen Ausweg zu finden. Mit voller Wucht warf er sich gegen die Tür eines der anliegenden Häuser. Beim dritten Mal gab sie glücklicherweise nach. Sofort rannte er mit Agnes hinein. Sogleich folgten andere, die ebenso hierin eine Fluchtmöglichkeit sahen. Sie rannten in den Hinterhof, weiter in ein dahinter liegendes Haus und dann auf eine geisterhaft ruhige Parralelstraße. Sie waren entkommen.

Peter hielt sich ein kühlendes feuchtes Tuch auf den übergroßen blauen Fleck an seinem Arm, den er durch den starken Druck eines Wasserstrahls davongetragen hatte. Gebannt schauten er und Agnes sich das Staatsfernsehen an. Nichts. Die »aktuelle Kamera«, die Fernsehnachrichten des Ostens, erwähnte das Geschehene in keiner Weise.

Voller Verzweiflung brach es aus Peter heraus: » Sie verhalten sich, als wäre nichts passiert. Die Demonstration haben sie keines Wortes gewürdigt. Das können die doch nicht einfach weglassen. So klein war sie schließlich nicht. Das ist eine absolut verzerrte Berichterstattung.«

»Vielleicht steht es ja morgen in den Zeitungen«, versuchte Agnes Peter zu besänftigen.

»Wenn der Rest der Bevölkerung nichts davon mitbekommt war alles vergebens. Dann sind wir umsonst ein derart hohes Risiko eingegangen, haben alle Beteiligten für nichts und wieder nichts gefährdet. Viele wurden auf brutale Weise misshandelt, nur weil wir uns diese verrückte Idee in den Kopf gesetzt haben.

Ein großer Teil wird verhaftet worden sein. Es war alles umsonst.«

»Unsere Demonstration ist in aller Munde. Jeder spricht von dem Protestmarsch und dem brutalen Vorgehen der Polizei«, verkündete Holger in der Runde.

Peters Freunde hatten das Glück gehabt, nicht in die Hände der Polizei zu fallen. Wolfgang sah man allerdings an, dass er eine Begegnung mit einem Polizisten gehabt hatte. Sein Gesicht war grünblau und über dem rechten Auge besaß er eine große Beule. Ihm gelang es jedoch noch in letzter Sekunde einer Verhaftung zu entkommen.

Holger fuhr fort: »Das Fernsehen hat die Demonstration verschwiegen, aber heute stand etwas darüber in der Zeitung. Es ist zwar nur ein winzig kleiner Artikel, aber wir haben es wieder in die Presse geschafft. In dem Artikel wird von einer kleinen Kundgebung gesprochen, die in Krawallen ausartete. Jetzt kommt der Witz. Unter anderem steht da drin: ›Dank dem Einsatz der Volkspolizei konnte die Ausschreitung gewaltlos beendet werden.‹ Das ist zwar eine Verdrehung der Realität, aber besser als gar kein Bericht.«

»Tss, jewaltlos«, kommentierte Wolfgang und fasste sich an seine Beule. »Dit jibs ja janich ...«

Woraufhin Hans einschob: »Die Zeitung musste darüber berichten. Die Ostberliner wussten, zu 'nem gewissen Grad, über die Demonstration Bescheid. Wenn sie dies verschwiegen hätten, dann wäre das der Bevölkerung aufgefallen.«

»Dass sie nur von einem kleinen Aufstand reden ist ja noch OK, aber dass sie uns als Gewalttäter darstellen und den Polizeieinsatz gewaltlos nennen ist eine Frechheit. Da sieht man wieder mal, was Pressefreiheit ist ...«, empörte sich Peter.

»Du kannst ja zur Zeitung gehen und denen sagen, dass alles ganz anders gewesen ist«, witzelte Martha.

»Haha.« Peter fand den Kommentar von Martha nicht

komisch. »Wir sind ein großes Risiko eingegangen und haben andere mit in Gefahr gezogen. Ich würde gerne wissen, wie viele sich dank uns im polizeilichen Gewahrsam befinden. Momentan stellt sich mir die Frage, ob das Ergebnis das eingegangene Risiko wert wahr. Wir dürfen dabei nicht nur an uns denken, sondern auch an die anderen Mitdemonstranten.«

»Da hat Peter absolut Recht. Was wäre, wenn sie jemanden von uns Urhebern erwischt hätten. Wolfgang ist im wahrsten Sinne des Wortes noch mit 'nem blauen Auge davon gekommen«, sagte Hans und sah Wolfgang ernst an. Dieser musste dem Kommentar nickend zustimmen.

»Ja, wir sind in deren Augen spätestens jetzt Staatsfeinde«, stimmte Martha zu. »Mir war die Demonstration von jeher eine Nummer zu groß für uns. Die werden uns nun mit allen Mitteln suchen. Deshalb muss ich den Vorschlag machen, dass wir uns erst mal eine Weile nicht mehr treffen, bis sich die Wogen etwas geglättet haben.«

»Den Vorschlag wollte ich auch machen«, sagte Peter und nickte nachdenklich in Marthas Richtung. »Ich sehe das genauso wie Martha. Die Gefahr ist jetzt zu groß. Eine Pause wäre das Beste für uns alle.«

Agnes stand auf. »Nein, wir dürfen jetzt nicht den Schwanz einziehen. Wir haben nun etwas wirklich Großes unternommen. Wir beginnen langsam der Bevölkerung die Augen zu öffnen. Gerade jetzt, wenn wir erste Resultate erzielen, müssen wir weitermachen. Beim ersten Anzeichen von Gefahr dürfen wir nicht aufgeben.« Während sie dies sagte, sah sie jedem tief in die Augen.

»Da bin ich anderer Meinung«, sagte Hans, sah sie dabei aber verständnisvoll an. »Wenn wir jetzt einfach weitermachen, laufen wir denen in das offene Messer. Sie werden jetzt garantiert alles genau beobachten. Erst wenn sie uns haben ist alles vorbei. Wenn wir etwas warten, können wir wieder 'ne Aktion machen.«

»Ick seh dit och so wie Martha«, brachte Wolfgang über seine geschwollen Lippen hervor.

»Was habt Ihr bloß alle?«, wollte Holger wissen. »In meinen Augen war die Demo ein Erfolg. Mit so vielen Mitdemonstranten hatte doch keiner von uns gerechnet. Wir haben nun die Möglichkeit etwas zu bewegen, wenn wir weitermachen. Agnes hat da vollkommen Recht.«

»Was willst du denn nun machen? Noch eine Demonstration? Diesmal wird die Vopo sofort auf die Pamphlete reagieren und eine Demonstration schon vor dem Entstehen abwürgen«, merkte Peter an. »Erst müssen die Wogen sich wieder glätten, bevor wir wieder aktiv werden können. Momentan ist es zwecklos auf irgendeine Art und Weise Widerstand zu leisten.«

»Ich verstehe euch nicht. Widerstand ist nie zwecklos. Wenn sich jetzt alle Bürger vereinen, kann das Regime gestürzt werden«, raunte Holger und auch Agnes legte eine enttäuschte Miene auf.

Letztendlich setzte sich die Mehrheit durch und man entschloss sich, eine Weile zu pausieren. Drei Monate Ruhezeit sollten eingelegt werden und ihnen Zeit zum Nachdenken geben.

Durch die unterirdische Dunkelheit schob sich die U-Bahn. Leer starrten die Augen von Agnes ins Nichts, das vor dem Fenster entlang glitt. Seitdem Peter und Agnes die Wohnung von Wolfgang verlassen hatten, hatten sie kein Wort gewechselt. Grübelnd sah Peter sie an, bis er es nicht mehr aushielt.

»Glaub mir, es ist das Beste für die Gruppe. Wenn wir so weitermachen würden wie bisher, hätten sie uns im null Komma nichts. Ich weiß, dass du deshalb enttäuscht bist.«

Er bekam keine Antwort. Agnes zeigte keine Regung.

In der Wohnung angelangt, sprachen die beiden immer noch kein Wort miteinander. Geräuschvoll deckte Agnes den Tisch für das Abendessen.

»Agnes, jetzt beruhige dich doch endlich. Ich verstehe nicht, dass du so extrem schlecht gelaunt bist«, sagte Peter energisch, da ihm der Gemütszustand von Agnes zunehmend auf die Nerven ging.

»Und ich verstehe nicht, wie du dich nur so dafür einsetzen konntest alles abzubrechen!«, brach es aus ihr heraus.

Auch Peter wurde lauter: »Wir haben doch nicht alles abgebrochen. Das ist nur eine vorübergehende Pause.«

»In dieser Pause wird sich aber auch die Wut in der Bevölkerung legen und alles wird wieder vergessen sein.«

»Ich wünschte mir lieber, deine Wut würde sich legen. So schnell vergessen die Berliner nicht. Ganz im Gegenteil, die Ablehnung gegenüber der Regierung wächst Tag für Tag. Außerdem scheint es, als wäre ich derjenige der dafür herhalten muss, dass der Großteil von uns für eine Pause gestimmt hat.«

»Du warst es doch, der mit dem Es-ist-jetzt-alles-zu-riskant-Gerede angefangen hat«, schrie Agnes so laut, dass ihre Stimme überschlug.

Nicht minder laut brüllte Peter zurück: »Jetzt mach mal einen Punkt! Ich ...«

Agnes ließ ihn nicht zu Ende lärmen. »Mit deiner Übervorsichtigkeit hast du die anderen angesteckt.«

»Jetzt reicht es!« Peter hielt es nicht mehr aus, nahm seine Jacke und machte sich auf in Richtung Wohnungstür.

»Warte. Es tut mir leid«, rief Agnes ihm hinterher.

Peter stoppte.

»Ich war nur so enttäuscht. Ich wollte, dass es weitergeht und wir endlich Ergebnisse sehen können.« Ihre Augen waren feucht und konnten kaum noch die Tränen zurückhalten.

Peter drehte sich um und hing die Jacke wieder auf die Garderobe. »Das weiß ich doch.« Er nahm in sie in den Arm und küsste ihre Stirn.

Leise sagte sie: »Am liebsten wäre es mir, wenn die Mauer

morgen fallen würde.«

»Mir auch.«

15

Peter betrat die Stufen des Rathauses. Drei Wochen waren mittlerweile vergangen, seitdem die Freunde beschlossen hatten, vorerst eine Pause einzulegen. Peter hatte sich in den Kopf gesetzt ein Telefon zu beantragen. Doch nun befand er sich vor einem großen Rätsel. Welches der vielen Zimmer ist für die Beantragungen von Telefonen zuständig? Da Peter niemanden fand, der ihm darüber Auskunft geben konnte, reihte er sich erst mal in eine Warteschlange ein.

Eine Stunde verging. Peter bereute, nichts zum Lesen dabei zu haben. Fleißig drehte er Däumchen.

Zwei Stunden waren vergangen. Da er nichts anderes zu tun hatte, beobachtete er die anderen Wartenden. Ihm gegenüber saß eine Zeitung, die Hände und Füße hatte. So kam es ihm zumindest vor, da er von seinem Gegenüber nicht mehr zu sehen bekam. Neben Peter saß eine junge Blondine, die offensichtlich keinen BH trug. Dass ein plötzlicher Mangel an diesem Gut der Grund war, bezweifelte er jedoch. Schnell sah er woanders hin. Ein älterer Herr, der als Zwillingsbruder von Erich Honecker durchgehen konnte, saß tapprig auf seinem Stuhl. Seine Hose und sein Jackett waren mit groben braungelben Karos übersät. Mit riesengroßen Brillengläsern starrte dieser Rentner gegen die Wand. Die panzerglasartige Sehhilfe vergrößerte die Augen auf skurrile Art und Weise und ließ den guten Mann wie eine Zeichentrickfigur aussehen. Ein weiterer Wartender fiel Peter auf. Er war nur ein wenig älter als Peter. Er besaß einen Schnurbart und dichtes braunes Haar, was vorne zu einem kurzen Pony geschnitten war und hinten bis zur Schulter fiel. Wahrscheinlich war er Maler auf dem Bau, da er eine buntbemalte Arbeitshose anhatte. Zwanzig Leute waren vor Peter an der Reihe.

Bald wartete er nun drei Stunden. Peter konnte schon gar nicht mehr sitzen. Sein Hintern schmerzte von der langen

Warterei.

Endlich war er dran. Peter betrat einen kleinen Raum, der ganz in Grau gehalten war. Grauer PVC-Fußboden, graue Möbel, graue Tapete und vergilbte Gardinen. Ein kleiner Mann, der perfekt in diesem Zimmer getarnt war, wünschte Peter einen guten Morgen. Mit seinen grauen Haaren und dem gräulichen Anzug fiel das Männchen, was maximal einen Meter sechzig groß war, nicht besonders auf.

»Was kann ich für sie tun?«, fragte das Männchen.

»Ich würde gerne ein Telefon beantragen.«

Der Beamte musste Peter leider enttäuschen. »Da sind Sie bei mir an der falschen Stelle. Gehen Sie zum Zimmer 201.«

Schwer atmete Peter aus. Dafür hatte er nun annähernd drei Stunden gewartet. Er machte sich nun auf die Suche nach Zimmer 201. Es war nicht leicht zu finden. Er hatte leider vergessen den kleinen Mann nach dem Weg zu fragen. Zweimal schickte man ihn auf eine falsche Fährte, doch nun hatte er es gefunden. Mit kleinen schwarzen Plastikbuchstaben markiert befand es sich nun vor ihm. Erstaunlicherweise gab es keine Wartenden. Er klopfte an und wurde sogleich hereingebeten. Dieses Zimmer sah genauso aus, wie das vorige. Nur dass hier kein Mann im grauen Anzug drin saß, dafür aber eine große emanzipiert wirkende Frau mit dunklen Haaren.

Etwas verwundert wollte sie wissen: »Wie kann ich Ihnen helfen?«

»Ich möchte ein Telefon beantragen.«

»Dafür bin ich nicht zuständig. Da müssen Sie zum Zimmer 114.«

Peter brabbelte etwas vor sich hin. Als er aus der Tür hinausgehen wollte, fiel ihm noch die Frage nach dem Weg ein. Diesmal wollte er nicht lange suchen.

Zum Glück fand er ohne Probleme Nummer 114. Nur ein Wartender saß davor. Als Peter das Zimmer betrat, fiel ihm sofort auf, dass es genauso aussah wie die anderen. Eine nette ältere Dame stellte die Frage: »Was kann ich für Sie tun?«

Peter traute sich schon fast gar nicht mehr diese Frage zu beantworten. »Ich will ein Telefon beantragen.«

»Oh das tut mir ...«

»Ich weiß. Ich weiß. Wo muss ich jetzt hin.« An Peters Stimme konnte man die nervliche Beanspruchung deutlich erkennen.

»In unserem Haus können Sie dies nicht beantragen. Sie müssen zum dafür zuständigen Amt.«

Während sie ihm den Weg beschrieb, pulsierten seine Adern im Auge mehr und mehr. Er brauchte erst mal frische Luft. Insofern war es gut, dass er etwas laufen musste.

In dem beschrieben Haus angelangt, erkundigte er sich nach dem Raum. Acht Bürger saßen vor dem Zimmer und warteten auf Audienz. Peter fragte diesmal sofort nach, ob hier auch jemand sei, der ein Telefon beantragen wollte. Zum Glück befanden sich zwei weitere Leidensgenossen darunter. Ihren Gesichtern konnte man entnehmen, dass sie auch schon eine Führung durch die staatlichen Gebäude bekommen hatten.

»Wie kann ich Ihnen weiterhelfen?«

Peter hasste mittlerweile derartige Fragesätze.

»Ich will ... ein Telefon.«

Der zuständige Beamte verwies ihn auf einen Stapel von Formularen. »Füllen Sie bitte dieses Formular aus und bringen Sie es dann ausgefüllt zu mir zurück.«

»Ich fülle es lieber gleich aus.«

»Bitte füllen sie es aber draußen aus und reihen sich erneut in die Reihe der Wartenden ein.«

Peter beugte sich dem Wunsch des Beamten. Er füllte es draußen aus und reihte sich erneut bei den Wartenden ein. Auf dem Formular mussten die unterschiedlichsten Angaben gemacht werden. Unter anderem musste er auch den Grund für die Beantragung angeben. Er gab dort seine Mutter an. Da sie in Leipzig lebte, sah er sie nur noch selten und Briefe sind ein langwieriges Kommunikationsmittel.

Als er erneut das Zimmer des Beamten betrat, was übrigens genauso aussah wie alle anderen Beamtenzimmer, gab er das Formular erleichtert ab.

Kühl kommentierte der Beamte das Anliegen Peters: »Ihr Antrag wird überprüft. Wir werden Sie dann über unseren Entschluss informieren.«

»Wie lange kann dies dauern?«

»Ein bis zwei Jahre.«

16

Nachdem Peter bei den gestrigen Behördengängen einen kostbaren Urlaubstag für die Beantragung eines Telefons verschwendet hatte, wollte er den Rest seines Urlaubs sinnvoll nutzen. Mit Agnes beabsichtigte er, eine Woche nach Prag zu fahren. Agnes und Peter steckten mitten im Chaos der Urlaubsvorbereitung. Wie ein altes Ehepaar verhielten sich die beiden bei der Zusammenstellung der Urlaubsutensilien. Peter hatte seinen Koffer schon längst gepackt und ließ ihn, fertig zur Abreise, in seiner Wohnung zurück. Er wollte nun Agnes beim Kofferpacken helfen. Doch erfreut war sie über seine Hilfsbereitschaft nicht. Ständig nörgelte er an ihrer eingepackten Garderobe herum. Während sie ihre Kleidung so kompakt sortierte, dass möglichst viel in einen Koffer hineinpasste, saß er auf einem Stuhl und beobachtete sie.

»Agnes, du musst doch nicht gleich den ganzen Hausstand mitnehmen. So viel Kleidung brauchst du doch nicht für eine Woche.«

»Man muss an alle Eventualitäten denken. Momentan mag das Wetter zwar schön sein, doch es kann jederzeit umschlagen. Dann ist es kalt und regnet. Ich werde dich dran erinnern, wenn du mit kurzer Hose und Hemdchen bibbernd auf der Karlsbrücke stehst.«

»Wenn du denkst, ich spiele hier deinen Lastesel, hast du dich getäuscht. Wir fahren schließlich mit der Bahn. Die zwei Koffer sollten dir genügen.« Er lehnte sich zurück.

»Kümmere dich um deinen eigenen Kram.«

»Mach ich auch.« Worauf er seinen Lehrstuhl verließ und sich zum Kühlschrank begab. Mit einer kühlenden Clubcola löschte er seinen Durst.

»Mist. Ich habe keine Sonnencreme mehr. Hast du welche eingepackt, Peter?«

Stichelig blinzelten seine Augen. »Erst packst du warme

Pullover ein, die vor kühlen Temperaturen schützen und jetzt denkst du an Sonnencreme?«

Nicht auf seinen Sarkasmus reagierend, fragte sie erneut: »Hast du Sonnencreme eingepackt oder nicht?

»Ja, ich habe Sonnencreme eingepackt.«

Agnes pausierte über ihrem logistischen Problem und stöhnte laut. »Ich bekomme das nicht alles in die Koffer.«

»Sag ich doch die ganze Zeit. Du willst viel zu viel mitnehmen.«

»Du gehst mir gerade ziemlich auf die Nerven. Sag mal, hast du denn schon wirklich alles fertig gepackt. Gibt es denn nichts, was du noch erledigen musst?«, und damit deutete sie an, dass er schleunigst verschwinden sollte, damit sie ungestört ihre Vorbereitungen machen konnte.

»Wenn du dir von mir nicht helfen lassen willst, dann gehe ich eben wieder in meine Wohnung«, und machte sich auf die Flucht.

Halbironisch, halb wütend rief sie ihm hinterher: »Vielen Dank für deine Hilfe.«

Eigentlich gab es nichts mehr, was er in seiner Wohnung machen konnte. Seinen Koffer hatte er schon gepackt. Es war zwar noch etwas Platz darin, doch er wollte nicht noch mehr mitnehmen.

Peter schnappte sich das nächstbeste Buch und setzte sich auf das braun karierte Gepäckstück. Kaum hatte er eine Seite gelesen, klingelte es an der Tür. Er legte das Buch beiseite. Ungeduldig klopfte der Besucher laut an die Tür, dass es wie ein Donnerschlag durch Peters Wohnung hallte.

»So aufdringlich kann ja nur Holger sein«, dachte sich Peter.

Falsch gedacht. Vor der Tür standen drei Männer, die Peter vorher noch nie gesehen hatte. Zwei kräftige Muskelpakete und ein Kleinwüchsiger.

Ohne vorher »Guten Tag« zu sagen fragte der Kleinste von

ihnen, kurz und militärisch: »Peter Winter?«

»Äh ..., ja das bin ich.«

»Ich muss Sie bitten, mit uns zu kommen!« Dies sagte der kleine Mann so monoton, als ob er ein Roboter war. Die beiden Begleiter standen stumm wie Litfasssäulen neben ihm.

»Kann ich noch ...«

»Nein, sie können nicht. Ich meinte sofort.«

Daraufhin packte einer der Zweimeterkerle Peters Arm. Sein Griff war so fest wie eine Schraubzwinge. Peter blieb keine Wahl als dem Wunsch dieses Gentlemans folge zu leisten. Er hatte noch nicht mal Zeit seine Jacke mit zu nehmen.

»Steigen Sie in das Auto!«, forderte der Zwerg Peter auf.

Peter war verwundert. Vor ihm parkte ein unscheinbarer Milchwagen, von einem fröhlichen Kindergesicht mit Milchbart verziert. Kurz überlegte Peter, ob dies alles ein Scherz sei. Als jedoch die Hintertür des Wagens geöffnet wurde, war ihm klar, dass dies alles andere als witzig war. Harte Holzbänke und Handschellen befanden sich im Inneren. Statt mit Milch war der Wagen mit allem ausgestattet, was ein Gefangenentransport bieten konnte.

Bevor sich Peter versah bekam er einen kräftigen Schlag in seinen Bauch und wurde in den Lieferwagen geschleudert. Man legte ihm Handschellen an und knallte ihn auf eine der Bänke. Fußfesseln wurden ihm angelegt. Er kam sich vor wie ein Schwerverbrecher. Die zwei großen Kraftprotze setzen sich zu ihm. Einer neben ihn, einer vor ihn. Der Kleine setzte sich nach vorne, um das Auto zu fahren. Mit lautem Knall wurde die Tür verschlossen. Im Halbdunkel saß Peter nun mit zwei unkommunikativen Fremden. Das einzige Licht, was sich den Weg in den Lieferraum bahnte, kam durch ein schmales Fenster zum Führerhaus.

»Was soll das Ganze?«, fragte Peter.

Doch statt einer Antwort stülpte einer der schweigsamen Kolosse ihm eine Augenbinde über den Kopf. Nun konnte Peter gar nichts mehr erkennen.

Mit lautem Motorengeräusch fuhr der Milchwagen los. Die Fahrt schien endlos zu sein. Anfangs hatte Peter versucht, in Gedanken dem Fahrtverlauf zu folgen. Doch die unzähligen Richtungswechsel machten ihn orientierungslos. Nach der Fahrzeit müssten sie Berlin längst verlassen haben.

Doch in Wirklichkeit befanden sie sich immer noch in der Großstadt. Der Lieferwagen fuhr kreuz und quer durch Ostberlin. Oft im Kreis, dann wieder das Ganze andersherum. Der Gefangene sollte die Orientierung verlieren. Dies war der einzige Grund für diesen ausgedehnten Ausflug. Die Menschen auf der Straße ahnten nichts von der Fracht dieses Transporters. Für sie war es nur ein ganz normaler Milchwagen, der seine Liefertour machte.

Von den vielen Kurven und dem starken Benzingestank, der in den Raum trat, wurde Peter übel. Am liebsten wollte er einen seiner Wachmänner ankotzen. Doch dafür reichte es zunächst nicht. Als er kurz davor stand, hielt der Wagen an und der ohrenbetäubende Lärm des Motors verstummte. Er war am Ziel seiner unfreiwilligen Reise. Die Tür öffnete sich und seine Fußfesseln wurden gelöst. Immer noch die Augen verbunden und mit Handschellen handlungsunfähig gemacht, wurde er in das Freie gezerrt.

Peter war froh, endlich wieder frische Luft zu riechen und nahm drei tiefe Züge. Doch sofort bekam er wieder einen Schubs und man zerrte ihn weiter. Ein paar mal stolperte er, da er nicht sah, wo er hintrat. Nun führte man ihn abwärts. Er fühlte einen weichen Teppich unter sich und hoffte, nun kurz vor dem Moment zu stehen, endlich jemanden sprechen zu können. Doch auf einmal wurde er in einen Raum geschupst. Dabei verlor er das Gleichgewicht und schlug mit dem Kopf auf hartem Beton auf. Laut knallte eine Eisentür hinter ihm zu. Ein langes Echo hallte durch die Räumlichkeiten. Peter spürte wie ihm das Blut am Kopf herunter lief. Er richtete sich auf und wartete darauf, dass man ihn aufklärte. Man hatte ihm noch nicht mal mitgeteilt, wer ihn verschleppt hatte. Er konnte es nur erahnen.

17

Bei der Fahrt mit dem Milchwagen hatte Peter nie Berlin verlassen. Sie hatten ihn in das Hochsicherheitsgefängnis Hohenschönhausen gebracht. Die Bevölkerung wusste nichts von der Existenz dieser Haftanstalt, obwohl sie mitten in Berlin lag. Das Gebiet um das Gefängnis war sogar bewohnt. Allerdings nur von hohen Staatssicherheitsbeamten, die in Wohnungen und Häusern von höchstem DDR-Luxusgrad lebten. Kein normaler DDR-Bürger hatte Zugang zu diesem Gebiet. Einst war das Gefängnis ein sowjetisches Internierungslager. Der Staatsicherheitsdienst hatte es von den Sowjets übernommen, um jene wegzusperren, die er für politisch gefährlich einstufte. Keiner konnte diesen Wänden bisher entrinnen. Hohe stacheldrahtbewehrte Mauern, ein Wall mit bissigen Hunden und das Stasi-Wohngebiet mussten dafür überwunden werden. Das Wachpersonal machte zudem seinen Job gewissenhaft und würde keine Sekunde zögern Flüchtlinge zu erschießen. Gegen die Wachmänner dieses Gefängnisses waren die Soldaten an der Grenze zur BRD Mauerblümchen.

Stundenlang saß Peter nun in seiner Zelle. Immer noch mit Handschellen und Augenbinde handlungsunfähig gemacht. Immer noch plagte ihn Ungewissheit.

Plötzlich hörte er, wie die Tür hinter ihm geöffnet wurde. Ohne dass ein Wort fiel, wurde er hinausgeschleppt. Es ging wieder über den Teppich. Treppe rauf. Links und wieder rechts, einen langen Gang entlang und dann wieder rechts in einen Raum. Die Person, die ihn hierhin geführt hatte, ließ ihn los und schloss die Tür von außen. Peter bemerkte eine Person, die dicht vor ihm stand. Angst überkam ihn, aber auch die Hoffnung endlich etwas Licht in das Dunkle zu bringen. Zumindest Licht bekam er. Ihm wurde die Augenbinde abgenommen und grelles Neonlicht blendete ihn. Die Handschellen wurden ihm ebenfalls entfernt.

Vor ihm stand ein Mann, nur etwas älter als er. Das Gesicht seines Gegenübers war markant. Tiefe Furchen umgaben den Mund, die Augen eiskalt, blau und durchdringend, die Haare militärisch kurz und dunkelblond, die Haut nahezu weiß.

»Ich denke, die brauchen Sie wohl nicht mehr, Herr Winter«, sagte sein Gegenüber und legte Handschellen und Augenbinde in eine Schublade. »Sie haben da eine kleine Wunde auf Ihrer Stirn«, zeigte sich der Unbekannte so freundlich wie möglich. »Das wird schnell verheilen.« Dabei stolzierte er um den Tisch, der im Raum stand und setze sich. Peter wagte es nicht sich zu setzen.

»Können Sie sich denken, warum Sie hier sind?«

»Ich weiß ja noch nicht einmal, wo ich bin. Wer sind sie überhaupt?«

Auf einmal schlug die bisher freundliche Stimmung des Unbekannten um. »Die Fragen stelle ich! Ich erwarte, dass du meine Fragen beantwortest!« Die Stimmung des fremden Verhörers schlug wieder plötzlich um. Diesmal in neutral kühl. »So einer wie du ist hier am rechten Fleck. Das ist alles, was du wissen brauchst.« Schon wieder wurde Peter geduzt. »Hier kommen alle hin, die unseren Staat schädigen wollen. Du weißt genau, warum du hier bist. Vielleicht benötigst du nur ein bisschen Bedenkzeit. Die sollst du haben.«

Kaum wurde der Satz von Peters Gegenüber beendet, kam ein Wärter hinein und führte Peter ab. Jetzt sah Peter zum ersten Mal den Gang, den er vorhin schon gegangen war. Merkwürdige Drähte und Lampen befanden sich an der Decke, deren Funktion sich Peter nicht erklären konnte. Eines dieser Kabel zog der Wärter nach unten, als sie darunter entlang liefen. Eine geheimnisvolle Konstruktion.

Sie kamen in ein weiteres Zimmer. Hier wurde er von einem Arzt gründlich untersucht und bekam neue Kleidung. Seine alte Kleidung und seine Uhr musste er dort abgeben. Es ging wieder die Treppe abwärts, in ein fensterloses Untergeschoss. Hier war dieser Teppich, der Peter schon anfangs mit verbundenen Augen aufgefallen war. Mitten im fensterlosen Gang lag er da. Er war rot und erinnerte an die roten Teppiche, die Peter von den Auftritten der Stars aus dem Westfernsehen kannte. »Eine merkwürdige Dekoration für dieses Gefängnis«, dachte sich Peter. Kein natürliches Licht drang in dieses Kellergewölbe. Nur das gleißende Licht der Lampen erhellte das Gemäuer. Vor der Zelle Nummer 9 blieben sie stehen. Diese war Peters neue Unterkunft. Knallend verriegelte der Wärter die Tür hinter Peter.

Die Zelle war ein winziges Zimmerchen, von einer kleinen Glühbirne erhellt. Eine Holzpritsche und ein Eimer stellten das Inventar dar. Der Eimer war für die Notdurft gedacht. Peter, von den ganzen Strapazen ermüdet, legte sich auf das überaus harte Bett. Er versuchte zu schlafen, doch zu viele Gedanken schossen durch seinen Kopf. Er dachte an Agnes und seine Freunde. Ihm war bewusst, wenn die Stasi ihn bekommen hatte, so waren auch seine Freunde in Gefahr. »Wissen die etwas über unsere Treffen?« Er starrte an die Decke. Durch die Feuchtigkeit zeichnete sich ein Schimmelfleck an ihr ab. Die ganze Zeit fokussierte Peter diesen Fleck. Dabei verwandelte sich dieser in Peters Gedanken in eine teuflisch grinsende Fratze. Peter drehte sich auf die Seite. Die Zeit verging, bald wurde er so müde, dass er anfing zu schlafen. Ein paar Minuten später schlug der Wächter gegen die Tür. Peter schrak auf. Sein Herz schlug wie wild. Jedoch nichts passierte. Langsam beruhigte er sich und der Schlaf übermannte ihn erneut. Kaum war er wieder eingeschlafen, donnerte es erneut. Peter rannte zur Tür und konnte erkennen, dass der Wärter ihn durch das Guckloch beobachtete. Eine Weile starrten sich die Augen an. Dann fiel die Klappe. Peter war sich im Klaren, dass man ihn mit allen erdenklichen Mitteln zermürben wollte. Wut überkam ihn und er trat gegen die Wand. Dabei tat er sich nur unnötig weh. Wut und Angst vergrößerten sich. Er legte sich wieder hin und zog sich die Decke über den Kopf. Noch nicht ganz eingeschlafen, wurde schon wieder gegen die Tür geschlagen. Er war wach, wollte diesmal aber keine Reaktion zeigen. Ein neuer Schlag gegen die Tür erfolgte. Peter zeigte immer noch keine Reaktion. Jetzt öffnete sich die Zellentür. Der Wächter kam hinein, riss Peter die Decke weg und schlug mit einem Schlagstock kräftig gegen Peters Bauch, sodass er sich vor Schmerzen krümmte.

Als der Wächter gerade die Zelle wieder verlassen wollte, brachte Peter mit Müh und Not heraus: »Warum machen Sie das?«

Peter bekam einen Schlag auf den Kopf und fiel in Ohnmacht. Als Peter aufwachte, waren Wächter und Decke verschwunden.

Tage vergingen. Peter verlor das Zeitgefühl. Seine Zelle war rund um die Uhr beleuchtet. Nie wurde die Glühbirne in seiner Zelle ausgeschaltet. Doch daran gewöhnte er sich schnell. Die Stille störte ihn schon viel mehr. Kein Geräusch von der Außenwelt drang zu ihm. Obwohl er Ruhe liebte, diese Totenstille brachte ihn beinahe um seinen Verstand. Das Einzige was er ab und zu hören konnte, war das Schlagen des Wärters an andere Zellentüren. Er war seit dem Vorfall in der ersten Nacht davon verschont geblieben. Seitdem hatte er auch keine Decke mehr. Das Hämmern des Wärters an den anderen Türen bekam für Peter eine andere Bedeutung. Dadurch wusste er, dass er wenigstens nicht alleine in diesem Kellergewölbe festsitzen musste.

Immer wieder musste Peter sich die Fragen stellen, wie es seinen Freunden erging und wie lange er hier ausharren musste. Agnes müsste als Erste erkannt haben, dass die Stasi ihn geschnappt hatte. Schließlich wollten sie zusammen nach Prag fahren. Er hoffte, dass sie sich versteckt hielt und die anderen gewarnt hatte.

Jeden erdenklichen Winkel dieser Zelle hatte er schon

stundenlang angestarrt. Es schien ihm, als würde er vor langer Weile sterben. Nur die vielen Fragen, die er sich fortwährend stellte, verschafften ihm Ablenkung.

Weitere Zeit verstrich. Endlich wurde die Tür geöffnet. Er wurde vom Wächter abgeholt und über den roten Teppich geführt. Der Wächter deutete ihm keine Geräusche zu machen. Jetzt wurde Peter klar, warum hier ein Teppich auslag. Man wollte verhindern, dass die Häftlinge mit ihren Füßen Klopfzeichen geben konnten. Die Farbe Rot war ein bloßer Zufall. Der Teppich hätte genauso gut auch grün sein können.

Wieder gingen sie durch den Gang mit den merkwürdigen Lampen und Drähten zu dem Raum, den Peter von seinem ersten Tag als Gefangener schon kannte. Hier laß der Mann, mit der militärischen Frisur, tief versunken die Tageszeitung und schien Peter scheinbar nicht wahrzunehmen. An der Art, wie dieser die Tageszeitung in den Mülleimer schmiss, war erkennbar, dass ihm ein Artikel nicht gefiel.

»Wie gefällt es dir bei uns?« Freilich erwartete er keine Antwort dafür und fuhr fort: »Ich hoffe, du hast dir alles durch den Kopf gehen lassen.«

»Nachdenken war meine einzige Beschäftigung, die ich in dieser Zeit hatte.«

»Siehst du, mit der Isolation meinen wir es nur gut mit dir. So kannst du ganz ungestört über dich und deine Zukunft nachdenken«, dabei versuchte der Mann, der seinen Namen geheim hielt, so seriös wie möglich zu klingen, dennoch war der Sarkasmus deutlich herauszuhören. »Setz dich.«

Peter steuerte den Stuhl an, der seinem Verhörer gegenüber stand.

»Nicht auf den Stuhl«, meinte der Gefängnisangestellte. »Darauf!«

Der Gefängnisangestellte zeigte auf ein kleines Bänkchen. Normalerweise benutzte man solche Bänke als Fußablage.

Gehorsam folgte Peter dem Hinweis. Nun saß er so tief, dass er zu seinem Inquisitor hinaufsehen musste. Ein weiteres Mittel zur Erniedrigung. Doch er ließ sich nichts anmerken.

»Es gibt bei uns ein paar Verhaltensregeln. Kommunikation von Zellenbewohnern ist untersagt. Weder untereinander, noch mit dem Wachpersonal. Die Insassen sollen hier doch zum Nachdenken kommen. Es ist also nur zu ihrem Besten. Mir wurde berichtet, dass du versucht hast diese Regel zu brechen.«

Peter versuchte sich zu rechtfertigen: »Ich wollte doch nur ...«

»Du wirst dich sicherlich gefragt haben, warum man dir die Decke weggenommen hat. Eine weitere Sicherheitsmaßnahme, die dich nur schützen soll. Wenn du schläfst, wollen wir Gesicht und Hände sehen. Das heißt, wenn du dich hinlegst, leg dich auf den Rücken und die Arme auf die Decke. Damit wollen wir nur verhindern, dass sich jemand heimlich das Leben nimmt. Das können wir nicht verantworten. Der Wärter durfte dir nicht antworten. Wenn du Fragen hast, stelle sie mir. Ich habe immer ein offenes Ohr für dich. Soviel dazu ... Du bist nun eine Woche hier und hast, wie du mir schon anfangs berichtet hast, viel nachgedacht. Gibt es nun etwas, was dir auf dem Herzen liegt, was du mir sagen willst? Ich weiß von deinen Verbrechen gegen unser Land. Nur möchte ich dir nicht alles aus der Nase ziehen. Ich will, dass du von selbst all deine Verbrechen gestehst.«

Peter empfand es als merkwürdig, dass sein Befrager nicht konkreter wurde. Viel wichtiger war ihm aber die Information, dass er nun schon eine Woche hinter diesen Gittern festgehalten wurde. Dennoch kam es ihm schon wie eine Ewigkeit vor. Peter musste an seine Freunde denken und da er nicht wusste, wie viel sein Gegenüber von ihren Aktionen Kenntnis hatte, zog er es vor, sich weiterhin naiv zu stellen: »Tut mir leid, aber ich weiß wirklich nicht, was ich mir vorwerfen könnte.«

»Mir tut es leid. Scheinbar bist du nicht der schnellste

Denker. Du musst wohl noch eine Weile nachdenken.« Der Mann drückte auf einen versteckten Knopf unter der Tischkante und befahl: »Bring ihn zurück in das U-Boot!«

Abrupt wurde das Gespräch beendet und der Wärter kam in den Raum und führte Peter ab.

»U-Boot nennen die also den Bereich, in dem man mich gefangen hält. Zellen unter der Erdoberfläche, ohne Fenster, ohne Licht, ohne frische Luft.« Peter verstand es dennoch nicht, warum man ihn in diesen Bereich sperrte. Es musste auch überirdische Zellen geben. Warum steckte man gerade ihn in diesen Bereich? Warum konfrontierte der namenslose Mann mit den Bürstenschnitt Peter nicht mit seinen Verstößen gegen die sozialistische Obrigkeit und blieb stattdessen absolut unkonkret? Wie kamen sie auf Peter? Fragen über Fragen, die keiner beantworten konnte oder wollte. Er schaute nach oben und beobachtete den feuchten Schimmelfleck. Peter konnte mit der Zeit das Wachstum des Schimmels beobachten. Dadurch wurde ihm klar, dass viel Zeit vergangen war.

»Wie viel wissen die?« Diese Frage beschäftigte ihn am häufigsten. Oft irrte er wie ein Leopard, den man in einen zu kleinen Zookäfig gesperrt hatte, hin und her. Absolut in sich gekehrt und von seiner Umwelt nichts mehr wahrnehmend. Er malte sich die unterschiedlichsten Szenarien aus, wie es seinen Freunden ergehen könnte. Positive Szenarien, in den ihnen allen die Flucht in den Westen gelang, aber auch alptraumhafte Szenarien. Letztere waren die häufigeren. So sah er vor seinem inneren Auge, wie Agnes, Holger und die anderen verhaftet und ebenfalls in das U-Boot gesperrt wurden. Jeder für sich, alle getrennt in einzelnen Zellen, unwissend über die Existenz des Anderen, gefangen in der unsicheren Langeweile, jeder die gleiche Tortur durchlebend, jeder sich die gleichen Fragen stellend.

Immer öfter überlegte er, ob vielleicht wirklich ein Freund in der Zelle nebenan sitzen könnte. Der Gedanke ließ ihn nicht mehr los. Am liebsten würde er laut fragen, wer in der Zelle nebenan saß. Doch die Konsequenzen fürchtend, unterdrückte er diesen Wunsch.

Eines Abends nahm er allen Mut zusammen, um einen möglichen Mitgefangenen zu kontaktieren. Er horchte an seiner Zellentür. Das Schlagen des Wärters an die Zellentüren entfernte sich. Schnell sprang er auf sein Bett und klopfte mit der Hand an die Zellenwand. Gespannt legte er sein Ohr an das kalte Stück Beton und wartete auf eine Antwort. Ergebnislos. Sein Klopfen wurde nicht erwidert. Die Enttäuschung zeichnete sich in seinem Gesicht ab. Nun war er so schlau wie vorher. Entweder stand die Zelle leer oder sein Nachbar traute sich nicht ein Geräusch zu erzeugen.

Gerade als Peter wieder seine Runde in seiner Zelle drehen wollte, öffnete sich die Zellentür. Ohne ein gefallenes Wort wurde Peter erneut in das Befragungszimmer abgeführt. Wieder saß der Unbekannte vor ihm.

»Setz Dich.«

Peter setzte sich auf das Bänkchen.

»Ich darf dir gratulieren.«

»Ich verstehe nicht«, zeigte Peter sich verwirrt.

»Weißt du denn nicht, was heute für ein Tag ist? Heute ist dein Geburtstag. Ich gratuliere dir zu deinem Geburtstag.«

Peter bekam einen Schreck. Ihm verschlug es die Sprache. Das bedeutete, dass er über drei Monate schon in dieser Vorhölle einsaß. Ein weggeworfenes Vierteljahr. In dem lichtlosen Gewölbe hatte er jedes Zeitgefühl verloren. Ihm kam es schon wie eine Ewigkeit vor. Aber dass es wirklich schon so lange war, hatte er nicht gedacht.

»Als Zeichen meiner Großzügigkeit habe ich ein kleines Geschenk an dich. Ein bisschen frische Luft dürfte dir gut tun.«

Der Namenlose drückte wieder auf seinen Knopf. Peter wurde von seinem Wärter abgeholt. Diesmal wurde er nicht wieder in seinen Keller gebracht, sondern nach rechts in einen

Gang. Der Wärter schloss eine Tür auf. Licht fiel Peter in das Gesicht und blendete ihn. Natürliches Licht. Peter befand sich nun in einem kleinen Innenhof. Nicht mal zwanzig Quadratmeter groß und von hohen Wänden umgeben. Zwei Meter über seinem Kopf befand sich ein Gitter. Obwohl der Himmel dicht bewölkt war, wurde Peter stark geblendet. So viel natürliches Licht war er nicht mehr gewöhnt.

»Ne halbe Stunde«, sagte der Wärter und ließ Peter allein. Die ersten Worte die Peter von ihm gehört hatte.

Das war wirklich ein schönes Geschenk für Peter. Er freute sich und schlenderte auf dem matschigen Boden hin und her. Endlich wieder frische Luft, endlich wieder etwas anderes als immer nur den Schimmelfleck anzustarren. Er konnte sich nicht satt sehen an den dunklen Wolken, die über ihn hinweg zogen. Er hatte schon fast geglaubt, der Himmel hätte sich auch rot gefärbt. Doch dieses wunderbare Schwarzgrau ließ noch hoffen. Es fing an zu regnen, doch ihn störte dies nicht. Fröhlich setzte er seine Runde in diesem kleinen Hof fort.

Die Eisentür öffnete sich. Die dreißig Minuten waren um. Nur ungern ging Peter wieder in seine muffige Zelle zurück.

18

Wieder verstrich ein langer Zeitraum, in der Ungewissheit und Angst die einzige Abwechslung waren. Ab und zu wurde Peter in das Verhörzimmer gebracht. Jedes Mal mit der Aufforderung Beichte über seine Sünden gegenüber dem deutschen demokratischen Staat abzulegen. Viel schlimmer empfand Peter aber die Wände in seiner Zelle anzustarren. Keine Abwechslung, nur die wandernde Feuchte in den Wänden. Friedhofsstille, von dem abendlichen Gehämmer an den Türen abgesehen, und tödliche Langeweile.

Peter befürchtete für immer hier eingesperrt zu sein. Er dachte an Agnes, an seine Freunde und an seine Mutter. »Wie geht es ihnen da draußen? Sind sie überhaupt noch frei?« Plötzlich überkam Peter die Frage: »Wieso ich und nicht jemand anderes? Ich habe unsere Aktionen doch nicht angezettelt. Das war doch hauptsächlich Holger mit seinem übereifrigem Aktionismus?« Jedoch wurde Peter sich seiner Gedankengänge bewusst und schämte sich, so etwas gedacht zu haben. Ihm fielen seine Großeltern ein. »Wieso haben sie nur selten vom Krieg geredet. Besonders Oma, die aufgrund ihrer jüdischen Identität am meisten damals zu leiden hatte, schwieg dazu. Sie konnte über alles und jeden reden, aber nicht über den Holocaust.« Es wurde ihm deutlich, dass er nichts über seine jüdische Abstammung wusste, nichts über die Traditionen, die Religion und die Familie seiner Großmutter. Er hatte jegliche jüdische Identität verloren.

Wieder umgab ihn Langeweile und das Nichts drang tief in sein Hirn vor. Es wollte ihn wahnsinnig machen. Er fühlte sich an ein Buch erinnert, was er vor längerer Zeit gelesen hatte. Die Schachnovelle von Stefan Zweig. In diesem Roman hatte sich ein Gefangener die Zeit vertrieben, indem er Schachzüge auswendig lernte und in seinen Gedanken vollzog. Nur dadurch konnte die Romanfigur dem Wahnsinn entrinnen. Peter wünschte, er könnte auch mental Spielzüge durchführen, doch er war nicht mal mehr in der Lage Mensch-Ärgere-Dich-Nicht in Gedanken nachzuvollziehen. In letzter Zeit konnte er sich nicht mehr konzentrieren und seine Gedanken waren sprunghaft. Selbst seine Erinnerungen verblassten und vermischten sich mit Fiktion. Mehr und mehr wusste er nicht mehr, ob er etwas nur geträumt hatte oder ob er es wirklich schon einmal erlebt hatte. Zum Beispiel träumte er einmal, er hätte auf einem Fluss gerudert. Doch ob er tatsächlich schon mal gerudert hatte, wusste er nicht mehr. Angst überkam ihn, dass langsam der Wahnsinn sein Hirn zerfraß. Doch dem wollte er nicht kampflos erliegen. Er brauchte eine Beschäftigung und er kam auf eine Idee. Lange hatte er nicht mehr Englisch gelesen oder gesprochen. Etliche Begriffe waren ihm schon entfallen. Um diesen Vorgang des Verfalls zu stoppen, musste er Vokabeln trainieren. Dies sollte seine Aufgabe werden.

Mit dem Nagel seines Zeigefingers ritzte er einen kleinen Buchstaben in die Wand neben seinem Bett. Ein F, darauf ein R, gefolgt von einem E. Nach und nach ergab sich das englische Wort Freedom. Er ritzte weiter. Ein Gleichheitszeichen und wieder eine Kette von Buchstaben. Stolz sah er auf sein erstes kreatives Werk in Gefangenschaft: Freedom = Freiheit.

Dies sollte seine einzige Beschäftigung sein und so gesellten sich nach und nach mehrere Vokabeln dazu.

Ein paar Tage später wurde Peter von seinem Wärter wieder abgeholt. Er hatte Angst, dass der Wärter seine Arbeit entdeckt. Doch zu seinem Glück konnte man die Zeichen nur erkennen, wenn man sie aus einem bestimmten Blickwinkel betrachtete. Hierfür hätte sich der Wärter auf Peters Bett legen müssen. Sie gingen die Treppe hinauf und bogen rechts ab in den Gang mit den rätselhaften Drähten an der Decke, Richtung Verhör-zimmer. Plötzlich stoppte der Wärter. Ein rotes Lämpchen leuchtete. Sie warteten bis es erlosch und ein grünes Lämpchen anging. Jetzt erkannte Peter die Funktion des Kabelgewirrs. Es war ein Ampelsystem. Indem der Wärter an der Schnur zog signalisierte er, dass er sich auf dem Gang befand. Mit diesem System sollte vermieden werden, dass der Insasse jemanden sieht oder von einer anderen Person gesehen wird. Die Gesichter des Wärters und des Befragers waren die Einzigen, die Peter sehen durfte. Der Gedanke zermürbte Peter.

Wieder saß Peter auf dem Bänkchen. Diesmal allerdings allein in dem Zimmer. Sein unbekannter Peiniger war nicht da oder er hatte seine Teuflischkeit auf die Spitze getrieben und konnte sich nun unsichtbar machen. Die Zeit verging. Stunden verrannen. Immer noch saß er auf dem unbequemen Hocker. Die Heizung schien aus der Hölle importiert zu sein. Peter schwitzte. Er hatte Durst und sehnte sich nur nach einer Abkühlung und wenn es nur seine kühle muffige Zelle wäre. Mittlerweile saß er ganze fünf Stunden in diesem Zimmer, als endlich der Mann mit dem strengen namenlosen Gesicht hereinstolzierte.

»Guten Tag Winter.«

»Guten Tag.«

Der Gefängnisangestellte hatte eine Flasche Wasser dabei und zwei Gläser. Genau zwei! Peter freute sich schon auf die Erfrischung.

»Setz dich doch auf den Stuhl. Dieses Bänkchen ist doch wirklich unbequem.«

Peter freute sich über die Wesensveränderung seines Gegenübers und nahm zögernd auf dem Stuhl platz. Der Mann, der seinen Namen bisher nicht preisgab, schenkte in beide Gläser Wasser ein und schob eines in Richtung Peter. Fest fixierte Peter das Glas.

»Es sind nun fünf Monate vergangen und du hast bisher noch keine Anstalten gemacht, mir etwas mitzuteilen. Das ist nicht sehr kooperativ. Scheinbar muss ich dir auf die Sprünge helfen. Kennst du das hier?«

Der Verhörer knallte laut einen Zettel auf den Tisch. Es war das Flugblatt für die Demo! Peter lief weiß an. Der Unbekannte nahm Peters Reaktion sichtlich erfreut zur Kenntnis und nahm einen ordentlichen Schluck aus seinem Glas. Peter fasste darauf das Glas an, das der Angestellte ihm hingeschoben hatte.

»Wer hat dir erlaubt zu trinken? Ich nicht!«, brüllte der Namenlose urplötzlich, sodass Peter erschrak und von dem Glas abließ, als wäre es glühend heiß.

Peter war verwundert von dem Verhalten und erkannte, dass der ganze Nachmittag in diesem Zimmer wieder ein Mittel war, um seinen Willen zu brechen.

Erneut fragte der bleiche Unbekannte: »Kennst du dieses Pamphlet?«, und sprang dabei von seinem Stuhl auf und stürmte um den Tisch herum. Seine eiskalten blauen Augen durchbohrten den Staatsverräter.

»Nein«, sagte Peter. Er wusste nicht, wieso er dies sagte. Es kam einfach so aus ihm heraus.

Plötzlich schlug der Namenslose Peter in das Gesicht und brüllte: »Lüg mich nicht an, dieses Schmierpapier hast du miterstellt. Du warst einer der Urheber für die aufständische Demonstration, zu der es aufrief. Das kannst du nicht leugnen. Ich weiß es genau. Gib es endlich zu.«

Peter zeigte keine Reaktion. Der Verhörende setzte sich auf seinen Stuhl und nahm erneut einen kräftigen Schluck Mineralwasser. »Sehr erfrischend.«

Von dieser Methode zeigte sich Peter nicht beeindruckt.

»Peter, zeig doch endlich Einsicht. Das bringt doch nichts. Du musst nur zugeben, dass du in deinem jugendlichen Leichtsinn diese idiotische Unruhestiftung ausgelöst hast«, dabei schlug der Mann mit Bürstenschnitt wieder versöhnliche Töne an. »Ich will doch nur hören, dass du es gestehst und dass du zugibst, dass es ein großer Fehler war. Wenn du dann auch noch die Mitwirkenden nennst, kann das nur zu deinem Besten sein.« Der Identitätslose schob das Glas ein Stück näher zu Peter. »Gib zu, dass du damals Mist gebaut hast.«

Mit einem Geständnis hätte die Staatssicherheit einen Sündenbock gefunden und könnte damit die oberen Genossen beruhigen. Meist wollte sie nur das hören, was sie wollte. Die Wahrheit blieb oft unbeleuchtet. Ebenso blieb im Dunklen, was mit einem Geständigen wie Peter passierte. Er wollte es ihnen nicht leicht machen, sah gerade aus und vermied es irgendeine Emotion zu zeigen. Peter konnte nun den Umfang ihres Wissens erahnen. Sie wussten nur etwas von der Demonstration. Von seiner Teilnahme an der Sprühaktion hatten sie keine Ahnung, ebenso waren ihnen scheinbar die Namen seiner Kumpanen unbekannt. Wenigstens etwas, worüber er sich innerlich freuen konnte.

»Du kleiner dummer Narr«, der Angestellte wurde wieder wütend. Er nahm das Glas, was er vor Peter hingestellt hatte und schüttete es ihm in das Gesicht. »Du hältst dich wohl für ganz hart. Das dachten schon viele.«

Peter wurde weggeführt. Wieder in den Keller, den sie das U-Boot nannten. Zu seiner Verwunderung gingen sie an seiner Zelle vorbei. Dies sorgte für einiges Unbehagen bei Peter. Der Wärter öffnete eine Tür. Doch der Raum, der sich hinter dieser Tür befand war nur wenige Zentimeter tief. Gerade so tief, dass man einen schlanken Menschen hineinzwängen konnte.

»Da rein«, befahl der Wärter.

Ehe sich Peter versah, befand er sich in dieser Betonkiste. Er konnte nichts sehen. Es war absolut dunkel. Sitzen konnte er nicht, dafür war sie nicht tief genug. Er musste in diesem dunklen Etwas notgedrungen stehen.

Die Zeit verging.

Plötzlich hörte Peter eine entfernte Stimme kreischen: »Ich werde euch nicht sagen, was ihr hören wollt. Denn dann schickt ihr mich sofort ...« Ein schlagendes Geräusch ließ den Mitgefangenen verstummen. Es waren die ersten Lebenszeichen von einem Mitinsassen, die Peter in seiner totalen Isolation hörte. Dies ließ ihn Gänsehaut bekommen, da die andere

Person offensichtlich gefoltert wurde. Dabei realisierte Peter nicht, dass Peters Aufenthalt in dem kleinen Verschlag selbst eine Foltermethode ist. Mit jeder weiteren Stunde wurde es immer ungemütlicher in dieser Miniaturzelle. Nur wenig Luft gelangte in das Innere und es wurde unausstehlich warm. Sein Durst und das Ringen nach Luft waren nun die einzigen Gedanken, die ihn beschäftigten. Mit Hämmern und Brüllen versuchte er, den Wärter anzulocken. Peter hoffte, dass der Wärter kommen würde, um ihn zu verprügeln. Dafür müsste die Tür geöffnet werden und Peter bekäme endlich wieder Luft. Der Preis war es ihm wert. Doch so sehr er brüllte, fluchte und klopfte, niemand kam. Schweißtropfen rannen an seinem Körper herunter. Nun konnte er sich vorstellen, wie man sich in einer Sauna fühlte und verstand nicht, dass die Bonzen freiwillig diese Heißluftbäder betraten. Doch dies war viel schlimmer. Zunehmend ließen Peters Kräfte nach, er sackte zusammen, mehr oder weniger stehend, und fiel in Ohnmacht.

Am nächsten Morgen öffnete der Wärter die Tür. Peter klatschte bewusstlos auf den Boden. Mit ein paar leichten Tritten holte der Aufseher ihn wieder zu den Lebenden zurück. Der Wärter griff Peter und trug ihn erneut in das Verhörzimmer. Dabei kam selbst der Wärter ins Schwitzen.

Wie ein nasser Sack saß Peter auf dem Stuhl und konnte nur mühsam ein Umfallen verhindern.

Erneut schenkte sein Peiniger Peter ein Glas Wasser ein. Die Flasche war erst gerade geöffnet worden und das Wasser zischte erfrischend.

»Gut geschlafen der Herr?«, dabei lachte der Unbekannte. »Willst du jetzt deine Urheberschaft für die Demonstration gestehen und deine Komplizen nennen?«.

Peter bekam aber nur wenig davon mit. Er kämpfte gegen eine erneute Ohnmacht. Der Namenslose erkannte, dass er an diesem Tag nicht viel mit Peter anfangen konnte.

»Ich will mal nicht so sein. Du darfst etwas trinken.«

Peter nahm nur die Worte »darfst« und »trinken« wahr. Mit beiden Händen führte er zitternd das Glas Wasser an den Mund und trank es in einem Zug aus.

Mit dem Wärter als Gehhilfe wurde Peter wieder in seine Zelle geführt.

19

Tage kamen und gingen. Peter wurde schon lange nicht mehr verhört. Sein einziger Zeitvertreib war die Rezitation von Vokabeln. Hunderte hatte er schon auf der Zellenwand verewigt. Jeder seiner Fingernägel war von der Arbeit schon ganz abgenutzt. Selbst den Nagel des kleinen Fingers hatte er schon als Ritzwerkzeug benutzt, weil alle anderen abgeschliffen waren. Seine Zeigefinger bildeten eine Hornhaut, die mit jedem Gitarristen mithalten konnte.

Eine Wand reichte nicht mehr. Der Platz war zu eng. Er musste die gegenüberliegende Wand mit einbeziehen. Dies machte seine Aufgabe erheblich komplizierter. Denn wenn der Wärter kontrollierte, konnte Peter nicht mehr so tun, als würde er auf seinem Bett ein kleines Nickerchen machen. Beinahe wäre er einmal erwischt worden. Als er das Wort endurance einritzen wollte, öffnete sich die Sichtluke. Blitzschnell reagierte Peter, zog seine Hand zurück und verfiel in seinen Zootigergang. Dieser Zwischenfall war aber der einzige. Glücklicherweise hatten die Wärter ihren Rhythmus, in dem sie Kontrollen durchführten. Peter hatte sich den gleichen Rhythmus angeeignet und pausierte sein Schaffen, wenn sie nach dem Rechten sahen. Dies ergab ein bizarres Uhrwerk.

Einsam lief Peter die Straßen entlang. Die sonst so lebendigen und lauten Verkehrswege waren leer. Keine Passanten, keine Autos. Totenstille. Kein Mensch schien mehr in Berlin zu wohnen. Selbst die Vögel waren ausgeflogen und die Bäume hatten ihr Laub verloren. Grau ragten die Häuser in den blutroten Himmel bis in die schweren bauchigen Wolken. Schaufenster und Läden waren leer geräumt. Ein kühler feuchter Wind durchdrang Peter. In der Hoffnung Menschen zu finden, suchte er nacheinander die Wohnungen seiner Freunde auf. Doch niemanden traf er an. Scheinbar war jedes Lebewesen

Berlins vom Erdboden verschluckt worden. Auch die Wohnung von Agnes war leer. Nicht einmal Möbel standen darin. Alles verschwunden. Nur das Namensschild an der Tür erinnerte an die Mieterin.

Es donnerte. An den kahlen Wänden vervielfachte sich der Hall. Starker Regen fiel auf die Erde. Doch dies war kein Wasser, sondern Blut! Schnell verfärbte sich die Straße. Alles wurde rot. Die Feuchte drang nun auch in die Wohnung. Die Wände zeigten rote Flecken und wurden in Sekunden dunkelrot! Peter wollte nur noch raus aus dieser Wohnung. Er rannte zur Wohnungstür. Doch drei Männer versperrten ihm den Weg. Sie sahen alle gleich aus, wie geklont. Alle drei waren der namenlose Mann mit dem Bürstenschnitt!

Schweißgebadet wachte Peter auf.

Die Tür öffnete sich.

»Duschtag«, sagte der Wärter zu Peter.

Sein Grinsen machte Peter misstrauisch. Scheinbar sollte Peters Misstrauen angebracht sein, denn sie gingen nicht den Weg zur Dusche nach oben in das Erdgeschoss, sondern drangen tiefer in die Gänge des U-Boots hinein. Nun passierten sie den Ort, den Peter nur zu gut kannte. Hier war das kleine Kabuff, in das er einst reingezwängt wurde. Sein Herz schlug schneller. Er befürchtete, dass er mit einem neuen Gräuel, ausgedacht von seinen Peinigern, Bekanntschaft schließen würde. Sie folgten einem langen dunklen Gang. Vor zwei Eisentüren, gebaut wie Höllentore, blieben sie stehen. Unheilig flackerte die defekte Lampe der Gangbeleuchtung.

Der Wärter schloss die rechte Tür auf. Sie ließ sich nur schwer öffnen, da der Rost sich schon an ihr eifrig labte. Ein schwarzes Loch tat sich auf. Man konnte überhaupt nichts erkennen. Man hörte nur ein Tropfen. Langsam beruhigte sich Peter. Scheinbar handelte es sich doch nur um eine Dusche.

»Rein mit dir.« Peter betrat langsam die Kammer. Jetzt

konnte er mehr erkennen. Die Wände waren aus Stahl und merkwürdig geriffelt. An der Decke befand sich ein merkwürdig geformter Duschkopf. In der Mitte des Raumes befand sich jedoch eine Apparatur, die scheinbar zum Festschnallen gedacht war. Peter erschrak. Es war doch keine normale Dusche, die ihm bevorstand.

Harsch befahl ihm der Wärter sich auf den Boden zu knien. Peter zögerte. Als der Wärter eine Schlagbewegung andeutete, gab Peter nach.

»Leg den Kopf drauf.«

Langsam folgte Peter dem Befehl. Dem Wärter war das Tempo von Peter zu langsam und er drückte mit seiner Hand Peter auf die Apparatur und zog mit voller Wucht die Lederriemen fest um den Kopf seines Opfers. An die Apparatur angekettet, war Peter nicht mehr in der Lage sich zu bewegen. Er konnte nur hören, dass der Wärter einen Hebel umlegte und sich mit einem diabolischen »Viel Spaß« verabschiedete.

In einer unangenehmen Haltung harrte Peter der Dinge, die ihm in der dunklen feuchten Kammer bevorstanden. Scheinbar passierte nichts. Nur ein ständiges Wassertropfen auf seinen Kopf störte ihn.

»Wahrscheinlich ist das Ding, was immer es auch sein soll, kaputt«, dachte sich Peter.

Eine Stunde verging, vier, fünf. Immerfort tropfte Wasser auf seine Stirn. Mit der Zeit nahm er die Tropfen verstärkt war. Anfangs waren sie nicht weiter schlimm, jetzt kamen sie ihm aber wie Hammerschläge vor, die seinen Schädel zertrümmern wollen. Von jeher war er anfällig für Kopfschmerzen. Die Schmerzen, die jetzt sein Denkzentrum zermarterten, waren jedoch die schlimmsten, die er je erlebt hatte. Die Nervenfasern seines Körpers zuckten bei jedem Tropfen zusammen. Mittlerweile war ihm klar, die Maschinerie funktionierte. Das Wasser sollte seinen Dickschädel aushöhlen und jegliche Art von Widerstand auswaschen.

Die Prozedur nahm kein Ende. Von dem Wasser war seine Kleidung durchnässt und er fror. Mit dem Gedanken eine Erkältung zu bekommen, beschäftigte Peter sich nicht. Momentan war er gedankenlos. Jede Sekunde schlug ein weitere Minibombe auf seiner Stirn ein. Für Peter wäre es eine große Erleichterung gewesen, wenn die Wassertropfen nicht immer genau auf einem Punkt zielen würden, sondern um ein bis zwei Zentimeter variierten. Doch das Wasser kannte keine Gnade. Peter ermüdete. Er wollte nur noch schlafen, aber das Gehämmer auf seiner Stirn verhinderte dies.

Am nächsten Morgen wurde Peter, von dem sehnlichst erwarteten Wärter abgeholt. Das Persönchen, das der Wärter losband, ähnelte nicht mehr dem Mann vom Vortag. Durchnässte und tiefrote unterlaufene Augen flehten den Wachmann an. Mit dem roten Punkt auf der Stirn sah er zudem aus wie ein Hindu. Der Wärter konnte seinen Sadismus nicht unterdrücken und klopfte auf Peters Stirn: »Jemand zu Hause?«

Peter wurde nur kurz in seine Zelle geführt, um trockene Kleidung anzuziehen. Danach kam er in das altbekannte Zimmer, in dem er wieder von der anonymen Person verhört wurde.

»Winter, ich rede mit dir«, sagte der Mann mit dem Bürstenschnitt.

Peter konnte sich nicht konzentrieren, selbst wenn er es gewollt hätte. Stumm saß er auf dem Bänkchen und starrte mit seinen roten Augen gerade aus.

»Du musst es doch leid sein, den Helden zu spielen. In deinem Schweigen steckt doch kein Nutzen. Mit deiner Borniertheit schadest du dir nur selbst ... Sieh mich gefälligst an, wenn ich mit dir rede.« Der Namenlose schritt auf ihn zu, hielt Peters Kopf in seinen Händen und zwang Peter ihm in die Augen zu sehen. »Alles, was ich von dir hören will ist ein Geständnis, dass du Urheber für die Demonstration warst und Informationen über den Tathergang und die Beteiligten. Du willst deine Freunde beschützen. Ich sage dir, das ist zwecklos. Wir haben sie schon und sie sagten, dass du der Urheber bist und sie dazu gedrängt hast mitzumachen. Damit wälzen sie alle Schuld auf dich ab. Das kannst du doch nicht so einfach auf dir sitzen lassen. Diese angeblichen Freunde sind es nicht wert, geschützt zu werden.«

Obwohl er das Hirn zermarternde Martyrium erst gerade hinter sich hatte, erkannte Peter dies als einfache Lüge. »Dann sagen Sie mir die Namen von denen, die mich beschuldigt haben.«

»Werd nicht frech!«, zischte Peters Gegenüber und veränderte, wie es Peter schon allzu gut kannte, wieder blitzschnell seine Laune, von freundlichen Tönen zu aggressiver Unbeherrschtheit. Ein namenloses Stimmungschamäleon. »Ich gebe dir jetzt noch eine Chance, dann wird es erst richtig ungemütlich, mein Lieber. Also gestehe. Sag mir, dass du diesen Tumult ins Leben gerufen hast! Sag es!«

Peter sah weiter geradeaus.

»Schön, schweige weiter. Du wirst schon sehen, was du davon hast. Von mir aus kannst du hier vergammeln. Hat dir die letzte Nacht gefallen? War sicherlich sehr entspannend. Weißt du was? Ich finde, du verdienst eine erneute Sonderbehandlung.«

Kurz darauf schleppte ihn der Wärter wieder tief in das Innere des Untergeschosses. Vorbei an seiner Zelle, vorbei an der kleinen Kammer, zu dem Gang mit den zwei Eisentüren. Peter war viel zu erschöpft von der letzten Tortur, als dass er sich besonders aufregen konnte. Seine Gedanken waren wirr und wenn der Wärter nicht wäre, hätte sich Peter sofort auf den Fußboden gelegt und wäre eingeschlafen. Der rote Teppich wäre ihm in seinem Zustand weich genug gewesen.

Der Wärter öffnete diesmal die linke Tür, mit einem tiefen lang anhaltenden Quietschen und Knarren, wie aus einem

Horrorfilm. Eine neue böse Überraschung erwartete Peter. Hier war die Lampe noch intakt und offenbarte, was Peter bevorstand. Dieser Raum ähnelte dem Raum von nebenan, nur befanden sich Wasserdüsen an der Seite. Wieder sah alles eigentlich ganz harmlos aus.

»Ausziehen!«

Peter musste seine Kleidung ablegen und wurde von dem Wärter angekettet. Diesmal allerdings in einer angenehmeren Körperhaltung, seinen Kopf konnte er frei bewegen und sich alles näher ansehen. Adrenalin schoss in seinen Kopf und er war wieder hellwach. Der Wärter verschloss die Tür. Zum Glück blieb die Lampe an, sodass Peter nicht ganz im Dunkeln war.

Urplötzlich schossen mehrere Wasserstrahlen aus der Wand auf seinen Rücken. Das Wasser war eiskalt und der Druck war so hoch, dass sie sofort schmerzten. Vor lauter Schreck konnte er einen Schrei nicht unterdrücken. Er hatte es hier mit einer weiteren uralten Foltermethode zu tun, die schon vor langer Zeit in Asien erfunden wurde: Die chinesische Wasserfolter. Ob mit einzelnen Wassertropfen oder mit Hochdruckstrahlen stellte diese Folterform ein effektives Mittel dar, um den menschlichen Geist zu zermürben. In Hohenschönhausen erlebte diese Form der Unmenschlichkeit ihre Renaissance. Innerhalb von kurzer Zeit zerfetzten die Wasserstrahlen die Haut, auf die sie trafen. Man hörte von außen nur noch ein klägliches Wimmern.

Nach zwei Stunden erlöste der Aufseher Peter von den Qualen und brachte ihn in seine Zelle. Leise wimmernd teilte Peter dem Wärter mit: »Teilen Sie ihm mit, dass ich alles gestehe. Ich gestehe alles.«

20

»Ich kann zwar immer noch nicht glauben, dass du alleiniger Urheber des Aufstandes warst. Dennoch erfreut mich, dass du nun kooperativ geworden bist. Woher kam denn auf einmal der Sinneswandel?«, grinste der Identitätslose diabolisch. Aus einer Schublade kramte er eine Akte heraus und entnahm ihr eine Seite. »Hier, auf diesem Blatt Papier haben wir dein Geständnis festgehalten.« Er schob Peter den Zettel zu.

Aufmerksam las Peter den Text durch. Wort für Wort war alles wiedergegeben, was Peter am Vortag dem Mann mit den eiskalten Augen mitgeteilt hatte. Interessanterweise war außer seinem Gegenüber niemand im Raum gewesen, der seine Aussagen protokolliert hatte. Man musste die Gespräche aus diesem Raum mit einem versteckten Mikrofon aufgezeichnet haben.

»Du musst nur noch dein Geständnis unterschreiben. Das ist alles, was ich von dir will.« Mit seinem sympathischsten Lächeln rollte er schwungvoll einen grauen Kugelschreiber über den Tisch zu Peter. Peter fixierte eindringlich den Kugelschreiber. Ihm fiel auf, dass das Schreibwerkzeug den gleichen Grauton hatte, wie die Kleidung seines gehassten Bekannten vor ihm.

»Nicht dabei einschlafen«, unterbrach ihn der Graugekleidete ungeduldig.

Zögernd nahm Peter den Kugelschreiber in die Hand und schrieb. Mit einem selbstgerechten Lächeln nahm der Beamte das Schriftstück an sich.

Doch das Lächeln verschwand, denn anstelle von Peters Signatur stand »Fuck You«.

Tage vergingen. Wochen vergingen. Peter harrte in seiner Kellerzelle der Dinge, die ihm bevorstanden. Der Verhörführende war explodiert vor Wut, als er nicht die erwartete Unterschrift vorfand. Er hatte seine sonst allgegenwärtige

Selbstbeherrschung verloren und vor Wut seinen Schreibtisch leergefegt.

Nach anfänglicher Genugtuung machte Peter sich nun Gedanken um die Konsequenzen, doch nichts passierte. Immer noch war er in seiner Kellerzelle eingesperrt. Peter drehte weiter seine Tigerrunden und übte sich im Vokabeltraining, wenn auch nicht mehr so zielgerichtet wie vorher. »Vielleicht haben sie mich hier unten vergessen?« Er befürchtete, bis zu seinem Lebensende diese Räumlichkeiten nie wieder zu verlassen.

Peter war absolut auf sich und seine Zukunft fokussiert. Dabei entging ihm, dass der Wärter immer seltener seine Runden drehte. Die Nächte wurden ruhig. Kein Gehämmer des Wärters auf die Türen. Sogar die Essensverteilung wurde unregelmäßig. Peter nahm davon keine Notiz, denn Appetit und Lebenswille waren ihm vergangen.

Hätte er aufmerksam seine Umgebung beobachtet, wäre ihm selbst aus seiner von der Außenwelt abgeschnittenen Zelle aufgefallen, dass eine Veränderung bevorstand.

Schließlich war es soweit. Die Tür öffnete sich und ein fremder Wärter betrat die Zelle und forderte Peter auf ihm zu folgen. Peters Herz raste. Sie liefen die Treppe hoch, folgten aber nicht dem Gang zu dem Befragungszimmer. Peter wurde in die entgegengesetzte Richtung geführt. In diesem Gang befanden sich Fenster. Er schaute seit langem wieder in die Außenwelt. Nicht nur auf vorbeiziehende Wolken, sondern auf Häuser und auf seine Herberge. Mehrere Menschen in Zivil befanden sich im Innenhof. Menschen! Er sah andere Gesichter, nicht nur das des Wärters und des auf seine Anonymität bedachten Verhörführenden. Für Peter lief das Geschehene in Zeitlupe ab. Selbst wenn sie ihn zum Ende der Welt schicken würden, ihm war es egal. Hauptsache wieder unter Menschen.

Er wurde in ein relativ nett eingerichtetes Zimmer gebracht. Sogar ein Gummibaum stand in einer Ecke. Vor ihm saß ein gemütlich aussehender Mann, mit ordentlich Bauchansatz, einer Brille und wenig Haar. Dieser Mann sah nicht gerade wie ein Angestellter der Staatsicherheit aus, mit seiner braunen Cordhose und dem dunkelgrünen Jackett. Er wirkte auch nicht so, als wolle er Peter für den Rest seines Lebens zu Zwangsarbeit verdammen. Peters Herzschlag beruhigte sich, dennoch blieb ein Misstrauen zurück.

»Guten Tag Herr Winter. Bitte setzen Sie sich.«

Was waren das denn für Töne. Peter war verwundert. Er wurde seit langer Zeit wieder höflich gesiezt. Seine Augen suchten ein Bänkchen, fanden aber keines vor. Nur einen gut gepolsterten Stuhl. Langsam setzte sich Peter auf das bequeme Polster.

»Mein Name ist Karl-Heinz Bergmann«, stellte sich der Untersetzte vor.

Das neue Gesicht stellte sich vor. Wieder ein ungewöhnliches Verhalten.

»Ich darf Ihnen die freudige Mitteilung machen, dass sie ab dem heutigen Tage wieder ein freier Mann sind. Da es sich bei allen Insassen dieses Gefängnisses um politische Gefangene des alten DDR-Regimes handelt, werden ab diesem Zeitpunkt alle Gefangenen freigelassen.«

»Moment mal«, zeigte Peter sich nun verwirrt. »Das verstehe ich nicht ganz.«

Ihm war, während seiner Gefangenschaft, ein wichtiger Wendepunkt in der deutschen Geschichte entgangen. So musste er erst gründlich aufgeklärt werden. Die Neuigkeiten trafen ihn wie ein Blitzschlag. Während Peter in der Zelle über sein Schicksal nach dem Geständnis nachdachte, fiel am neunten November 1989 die Mauer. Letztendlich konnte der Bann der Volksdiktatur gebrochen werden. Das Volk der Deutschen Demokratischen Republik hatte die Mauer von innen heraus einstürzen lassen. Zu groß war der Widerstand, als dass ihn die Obrigkeit hätte stoppen können. Holger hatte letztendlich doch recht gehabt: »Widerstand ist nie zwecklos. Wenn sich alle Bürger vereinen, kann das Regime gestürzt werden.« Er hatte Recht behalten. Die Bürger der DDR waren nun frei und konnten reisen, wohin sie wollen und mussten nie wieder den Terror der Stasi fürchten. In allen Regionen der DDR hatte das Volk mit Demonstrationen sich für die Wiedervereinigung und die Demokratie eingesetzt. Peter und seine Freunde waren nicht die Einzigen gewesen, die Mut hatten aktiv zu werden. So hatten die Bürger einen Flächenbrand ausgelöst, den die Regierenden nicht mehr löschen konnten. Die Freiheit hatte gesiegt.

Peter konnte das alles nicht glauben. Das kam alles so plötzlich auf ihn zu. Sein großer Traum war Wirklichkeit geworden und dies auch noch so früh. Die Frage nach der Identität des Verhörführenden, der Peter sogar nachts in seinen Träumen ausquetschte, konnte nicht beantwortet werden. Statt Namen waren nur Decknamen in den Listen des Gefängnisses eingetragen worden. Peters freundlicher Gegenüber versicherte, man würde Nachforschungen anstellen. Herr Bergmann berichtete sogar, dass die neue Regierung eine Behörde ins Leben rufen will, die sich nur mit der Stasi und ihren Akten beschäftigen soll.

Nachdem Peter mit Herrn Bergmann ein paar Formalitäten geklärt hatte, wurde er in eine für ihn bereitgestellte Wohnung gebracht.

Erst Gefangener in einer Volksdiktatur und dann innerhalb eines Tages freier Bürger einer Demokratie. Peter fühlte sich von der plötzlichen Veränderung überrannt. Er hielt es in seiner neuen Wohnung nicht aus. Kaum hatte er die Wohnung betreten, wollte er sich das neue, wiedervereinigte Berlin ansehen. Keine Sekunde konnte er mehr warten, so viel hatte er verpasst. Das wollte er so schnell wie möglich nachholen. Er machte sich auf und wanderte »Unter den Linden« entlang. Als er sich dem Ende der Straße näherte, stand er einfach nur regungslos da. Die Mauer hinter dem Brandenburger Tor war entfernt. Er näherte sich dem Bauwerk bis er genau davor stand. Begeistert schaute er hinauf. So nahe war er der Quadriga noch nie gewesen. Langsam und bedächtig wagte er sich hindurch. Noch nie hatte er westdeutschen Boden betreten. Noch nie hatte er sich so frei gefühlt. Noch nie schien die Welt so farbenfroh zu sein, obwohl es noch Winter war.

Gold schimmerte durch die leeren Baumwipfel. Die Siegessäule. Von der »Goldelse« hatte er viel gehört. Nun wollte er sie aus der Nähe sehen. Er folgte dem Lauf der Straße des siebzehnten Junis. Die Westdeutschen hatten zu Ehren des Ostaufstandes diese Allee danach benannt. Sie hatten gehofft, dass die Einheit früher oder später durch Aufstände der Ostdeutschen herbeigeführt würde. Je mehr er sich der Säule näherte, umso höher ragte sie in den Himmel. So groß hatte er sie sich nicht vorgestellt. Er bestieg die Aussichtsplattform und betrachtete das neue Berlin. Nur mühsam konnte man erkennen, dass Berlin bis vor kurzem geteilt war. So schnell wie die Mauer aufgebaut wurde, riss man sie ein.

Peter genehmigte sich nur eine Currywurst als Mittagessen. So schnell wie möglich, wollte er Agnes wieder sehen. Ob sie ihn vergessen hatte? Wusste sie, dass er verhaftet wurde? An der Haustür angelangt, musste er jedoch feststellen, dass Agnes nicht mehr dort wohnte. Ein kalter Schauer lief seinen Rücken herunter. Hatte die Staatsicherheit sie auch bekommen? Er wurde nervös. Sofort stieg Peter wieder in die U-Bahn und fuhr zu Holger, in der Hoffnung, dass sein alter Freund noch dort wohnte und Peter über das Geschehene unterrichten konnte.

Zum Glück wohnte Holger immer noch in seiner Wohnung. Peter fiel ein Stein vom Herzen.

Holger war sichtlich überrascht Peter wieder zu sehen: »Mensch Peter, ich kann es kaum glauben dich wieder zu sehen.

Ich dachte, du wärst für immer verschollen.«

Sie fielen sich in die Arme. Doch bevor Holger mehr sagen konnte, wollte Peter wissen, wie es Agnes nach seinem Verschwinden ergangen war.

»Oh, du weißt nicht, dass Agnes geflohen ist?«

»Hat sie es rüber geschafft? Weißt du, ob es ihr gut geht?«

»Lange Zeit haben wir nichts von ihr gehört und wussten nicht, ob ihr die Flucht gelungen war. Doch ein paar Tage nach dem Mauerfall bekamen wir einen Brief von ihr. Sie ist mit ihrem Bruder nach England geflohen. Er nutzte ein Gastspiel in London als Fluchtmöglichkeit. Beide leben dort momentan in einem Vorort. Dartford heißt er, wenn ich mich recht entsinne.«

Holger stand auf und wühlte in einer Schublade herum.

»Hier habe ich die Adresse.«

Agnes ging es gut. Fernab des Horrors hatte sie die letzte Zeit verbracht. Peter war sichtlich erleichtert und konnte nun über seine Zeit im Gewahrsam der Staatssicherheit berichten. Er war froh, dass er endlich jemanden hatte, dem er die Geschehnisse der grauenvollen Zeit anvertrauen konnte. Dabei vergaß er zunächst, dass er selber noch Fragen hatte, die auf Antworten warteten. So hörte Holger den unfassbaren Erlebnissen Peters zu, bis in die späten Abendstunden.

Ein Flugzeug düste laut in den Himmel. Peter sah dem Flieger so lange nach, wie er konnte. Dies waren aber nur zwei Minuten. Mehr Zeit hatte er nicht, sonst würde er seinen eigenen Flieger verpassen. Auf dem Flughafen Berlin-Tegel war die Hölle los. So viele hektische Menschen auf einem Haufen hatte Peter schon lange nicht mehr gesehen. Ein bisschen mulmig war Peter zu Mute. In seinem ganzen Leben war er noch nie geflogen. Die Flugangst war aber weitaus kleiner, als die Neugier mit einem Flugzeug in die Lüfte aufzusteigen.

Schnell schoss sein Flieger in den Himmel und presste Peter in seinen Sessel. Er sah aus dem Fenster. Tief unter dem

Flugzeug flog ein Vogelschwarm Möwen. Das Flugzeug schlug eine kleine Kurve und setzte Kurs auf England.